조선으로 온 카스테라

조선으로 온

카
스
테
라

한정영 지음

일러두기

'Castella'의 규범 표기는 '카스텔라'이지만 이 책에서는 일상적으로 빈번하게 사용되는 '카스테라'로
썼음을 밝힙니다.

| 차례 |

말할 수 없는 결심

이게 마지막일지도 몰라.

이웃집 목련 나무의 흰 꽃이 떨어져 담장에 젖은 빨래처럼 널리기 시작할 무렵부터였다. 다미는 혼잣말처럼 자꾸만 그런 말을 중얼거렸다. 그러다 제풀에 놀라, 얼른 삼키곤 했다. 하지만 어쩌다 보면 또 잊고서 그 말을 버릇처럼 토해 냈다.

몹쓸⋯!

다미는 자신을 나무라다가, 곧바로 고개를 저었다. 마음을 다잡기로 했다. 이제 곧 오월이니까. 그리하여 산천초목이 온전히 푸르러지면, 그때는 떠나야 하니까. 남들이 뭐라고 해도, 이미 그러기로 결심했으므로.

상황이 이러한데 어찌 단 한 끼의 밥상이라도 소홀히 할 수가 있겠는가. 그래서 다미는 어제부터 중탕으로 끓이고 또 끓인 칠향계*를 아버지와 순남 오라버니 앞에 내놓았다.

다미는 마당 앞 평상에 걸터앉아 대청마루에 나와 겸상한 아버지와 순남 오라버니를 바라보았다. 끓이고 쪄 낸 닭고기 한 사발을 앞에 놓고, 두 사람은 아무 말 없이 수저를 놀렸다. 얼핏 보노라면, 흔한 부자父子의 모습과 다름없었다.

하지만 둘은 피 한 방울 나누지 않은 사이였다. 더하여 다미에게는 이제 한낱 '모진 인연'일 뿐이었다. 하나는 몸을 잃었고, 하나는 정신을 놓았음을 지나는 사람은 모를 테다. 그렇다고 둘 중 어느 쪽에도 동정 따위는 갖지 않았다. 도리어 다미는 약속을 저버린 두 사내에게 분노했다. 한때는 입발림 소리로 늘 '너를 지켜 주겠노라' 약속한 사람들이었으나, 지금은 헛된 약속이 되어 버렸으니까. 이제는 자신만 바라보는 그 둘에 대한 원망이 컸다.

버릴 테다. 이제 내가 버릴 테다!

그래서 다미는 마지막이 될지도 모를 밥상을 어제도, 그리고 오늘도 성심껏 차렸다. 때를 맞추어 윤 초시 어른이 며칠 전 통통하고 늙은 닭 한 마리를 던져 주고 갔다. 물론 당신의 아들인 순남 오라버니를 잘 먹이라는 뜻이 더 컸을 터였다. 그러거나 말거나 다미는 처음엔 그저 때 이른 백숙이나 끓여 볼 생각이었다. 겉의 상처는 얼추 아물었으나, 속으로 더 곯았을 아버지의 몸을 생각해서였다. 다가올 여름을 미리 대비하여 나쁠 게 없었다. 병든

---

* 함경도 지방 사람들이 주로 해 먹었던 닭 요리.

아비를 두고 간다는 비난을 피할 수 없을 테지만, 마지막 순간까지는 무엇이든 하고 싶었다. 하찮은 양심일지도 몰랐다.

그런데 마침 열흘 전 필사하려고 받아 온 책 한 귀퉁이에 써 있던 칠향계가 생각났다. '씻은 닭의 내장을 빼내고, 배 속에 일곱 가지의 양념을 넣고 가마솥에 오랜 시간 쪄 낸다'고 했는데 솔직히 번거로워 보였다. 하지만 설명의 말미에 '몸을 보保하는 데 이만한 음식이 없다. 속이 허한 사람에게 먹이면 피를 돌게 한다'는 말에 부랴부랴 재료를 사다가 물을 끓이고 밤새 가마솥 앞을 지켰다. 그게 순남 오라버니에게도 나쁠 리 없었다.

"워어! 우어어!"

어느 때, 다미와 눈이 마주친 아버지가 손짓을 했다. 오라고, 와서 너도 국물 한 입이라도 해 보라고. 다미는 고개를 저었고, 손사래를 쳤다. 그러자 뒤미처 순남 오라버니도 거들었다.

"먹어! 너도 먹어. 달구를 고았어. 맛있어. 도라지도 넣고, 생강도 넣었어. 먹어!"

어쩌자고 순남 오라버니는 제 입에 가져가려던 닭 다리 하나를 들어 보였다. 다미는 다시 손사래를 치다가 아예 외면했다. 고개를 돌려 사립문 너머 저 멀리 연둣빛이 은은한 북악의 산허리를 바라보았다. 그리고 중얼거렸다.

"이제 곧…!"

그러다가 생각 한 가닥이 희뿌연 연기처럼 머릿속에서 일어났다. 다미는 그예 벌떡 일어났다. 그리고 순남 오라버니에게 다가가 말했다.

"오라버니, 먹고서 상은 부엌에 가져다 놔. 알았지? 설거지는 하지 말고. 그랬다가는 내가 윤 초시 어른께 혼나. 오라버니도 내가 혼나는 거 싫지?"

"응. 싫어. 너 혼나는 거 싫어. 가슴이 찌르르해! 싫어."

순남 오라버니는 다미의 말을 따라 하며 제 손을 가슴에 가져다 댔다. 그리고 인상을 썼다. 다미는 씩 웃고 아버지한테 말했다.

"다 드시고 햇볕 더 쬐고 들어가 누우세요. 아셨어요? 그러라고 마루에 상을 차린 거니까 말 들으세요."

"어이, 어이 아아. 으응? 치패시아? 어이아…!"

이번엔 아버지가 다미의 손목을 잡았다. 요즘엔 번번이 그랬다. 무언가 알고 있는 사람처럼 다미가 사립문을 나설라치면 끊어진 혀로, 마치 아이가 칭얼거리듯 보챘다. 지금은 칠패시장*에 가는 거냐고 묻는 게 틀림없었다.

"필사를 마쳤어요. 이제 갖다주고 와야 해요. 오늘까지 오라고 했거든요. 대호 아재한테 들러 일 좀 하고 올게요."

그제야 아버지는 손목을 쥐었던 손의 힘을 풀었다. 대호 아재한테라도 가야 그나마 반찬값이라도 벌어 올 수 있다는 것을 아버지도 알 것이니까.

---

* 조선 후기 숭례문 부근에 있던 시장.

다미는 얼른 건넌방 한쪽에 놓아두었던 보퉁이를 들고 밖으로 나섰다. 책 두 권이 어느 때보다 묵직했다.

오늘만큼은 조 상궁을 만날지도 모른다는 생각에 다미의 발걸음이 어느 때보다 빠르디빨랐다. 길가에 흐드러지게 핀 철쭉도 한껏 물오른 버드나무도 눈에 들어오지 않았다. 이레째 나타나지 않았으니, 오늘은 틀림없이 그 모습을 보일 것이리라. 그렇게 믿었고, 그러자 심장이 팔딱팔딱 뛰었다. 보퉁이를 품에 안고 앞만 보고 걸었다. 앞서 걷던 장정들도 따라잡고, 쌀 네댓 가마니를 싣고 가는 소달구지도 한달음에 제쳐 버렸다. 문득 "이제 되었다. 어서 궁궐로 들어가자!"라는 말이 어디선가 울려올 것만 같았다.

그 바람에 숨이 가빠도 걸음이 멈추어지지 않았다. 상상의 나래는 '혹시 지금 당장 가야 한다면 어쩌지?'라는 데까지 이르렀다. 아버지 생각이 잠시 스쳤기 때문이다. 말도 못 하는 아버지를 누가 돌보라고? 그러나 다미는 곧 자문자답했다. '그래도 별수 없다'라고. 더하여, '궁궐의 일에 어찌 일개 천한 백성 따위가 감 놔라 배 놔라 할 일이냐?'라면서. 꼭두각시놀음하듯, 혼자 묻고 답하고 나니 답답했던 가슴이 조금이나마 시원해졌다.

하지만 걸음은 돌모루*에 이르렀을 때, 예의 그랬듯 방향을 잃

---

* 지금의 서울 용산구 남영동.

었다. 이리저리 오가는 병졸들이 눈에 띄게 많아서였다. 이 부근에 군영이 있다는 걸 모르지 않음에도 자라 보고 놀란 가슴 솥뚜껑 보고 놀란달까. 혹시라도 그 무리가 또 집 쪽으로 몰려가는 것은 아닐까, 싶어서.

어느 날 한밤중, 병졸들이 집안에 들이닥쳐 서슬 푸른 칼날을 아버지의 목에 들이대고, 집안을 난장판으로 만들어 놓았던 그때의 일이 선명하게 떠올랐다. 그날 끌려간 아버지는 초주검이 되어 돌아왔다. 온몸에 피멍이 들었고, 팔과 다리와 어깨의 뼈가 부러졌다. 혀가 잘려 말을 하지 못했고, 한동안 미음도 떠넘기지 못했다. 얼마나 견디기 힘들었으면 스스로 혀를 깨물었을까, 싶어서 가슴이 쓰리다 못해 미어졌다. 팔 하나 못 쓰게 된 건 차라리 아무렇지도 않았다. 그게 불과 열 달 전이었다.

헉!

생각 같아서는 당장 돌아가 아버지의 곁을 지켜야 하는 게 아닐까, 싶었다. 적어도 집을 떠나기 전까지는. 하지만 그럴 수만은 없었다. 아무리 윤 초시 어른이 틈틈이 쌀을 넣어 준다고 해도 그것만으로는 부족했다. 무엇보다 아버지의 약값은 따로 벌어야 했다. 게다가 초시 어른이 아버지를 돌보는 데에는 다른 목적이 있었으니, 무한정 받을 수만은 없었다.

시장에 가야만 하는 이유는 그것 말고도 많았다. 무엇보다 조상궁을 만나야 했고, 일거리로 받아 온 필사 책을 돌려주고 와야 푼돈이라도 받을 테니까.

다미는 마음을 다잡았다. 그리고 가던 길을 나섰다.

반 시진이 조금 못되게 종종걸음을 쳤다. 칠패시장 언저리에 이르자 사람들이 더 많아지나 싶더니, 금세 왁자한 소리가 여기저기서 들려왔다. 다미는 보따리를 이고 진 사람들 사이를 지나 숭례문이 보이는 쪽으로 쭉 나아갔다. 인삼 가게 앞에는 변발의 청나라 상인도 있었다. 길가를 뛰어다니는 아이들과 두어 번 부딪쳤고, 도기를 겹겹이 짊어지고 걸어가는 지게꾼 앞에서는 공연히 가슴을 쓸어내렸다. 어물전을 지날 때는 생선 비린내 때문에 코를 막았다.

뒤미처 오른쪽 골목으로 돌아서자마자 저편에 대호 아재의 주막집에 걸린 등롱이 보였다. 그러자 다미는 한 번 더 머뭇거렸다. 다미가 자주 주막에 드나드는 걸 대호 아재가 좋아하지 않는다는 것을, 이제는 너무나도 잘 알고 있어서였다. 그러나 어금니를 꼭 물고 걸었다. 조 상궁만 만나면, 더는 주막을 오갈 일이 없을 테니까.

그런데 채 몇 걸음 걷지 않아서 왁자한 소리가 들려왔다. 뜻밖에도 그 웅성거림 속에 한어漢語*가 섞여 있었다. 얼른 담 너머를 힐끗거리자 변발을 한 청나라 사람들과 뒤엉켜 있는 대호 아재의 얼굴이 눈에 들어왔다.

---

* 중국 한족이 쓰던 언어. 청나라를 세운 여진족은 원래 청어(만주어)를 썼지만 점차 한어를 사용하게 되었다.

"이 되놈*들이 도둑놈 심보로구먼! 당장 관아로 가자, 이놈들아!"

대호 아재가 한 손에 하나씩, 청나라 상인 둘의 멱살을 잡고 소리를 질러 댔다. 청나라 상인들도 맞서서 소리를 질렀지만 대호 아재의 억센 손아귀를 쉽게 뿌리치지 못했다. 한때는 소도 때려잡았다는 대호 아재의 힘을 당해 내지 못하는 것 같았다. 주막 손님들이 웅성거리며 구경하고 있었다.

그때 대호 아재가 다시 소리쳤다.

"돈을 내놓지 않으면 당장 포졸을 부를 테다. 국밥에 수육까지 처먹어 놓고 뭐라 하는 거야, 이놈들!"

그런데 나이가 조금 더 들어 보이고 얼굴색이 거뭇한 청나라 상인이 대호 아재의 손을 붙잡고 한어로 대꾸했다.

"내 보따리 내놓으시오. 어찌 도리어 멱살잡이요? 보따리를 돌려줘야 돈을 줄 것 아니오."

하지만 그럴수록 대호 아재의 목소리만 높아졌다.

"그래도 이놈들이 뭐라고 씨불이는 것이야! 이보시오! 어서 포졸 나리들 좀 불러 주시오."

대호 아재는 구경하는 사람들을 향해 외쳤다. 그와 동시에 또 다른, 키가 작고 오종종한 얼굴의 사내도 따라 소리 질렀다.

"청국촌**에 엊그제 우리나라 사행단이 왔소. 관리를 불러 주시

---

* 중국인, 여진족을 낮잡아 부르던 말.
** 남대문 시장 부근에 있던 청나라 사람들이 모여 살던 곳으로, 지금의 화교 마을 같은 곳.

14

오. 아니면 역관이라도 대 주시오."

물론 청나라 상인들은 한어로 외쳐 대고 있어서 아무도 알아듣지 못했다. 머뭇거리던 다미는 하는 수 없단 심정으로 앞으로 나섰다.

"아재, 무슨 일이에요?"

"다미 왔니? 네가 나설 일이 아니란다."

반기는 투는 아니었다. 물론 기대는 하지 않았고, 그래서 섭섭하지도 않았다. 대호 아재가 아무리 아버지와 가까운 사이였다고 하더라도 다미는 역모에 휩쓸린 자의 여식이 아니던가. 행여 역적의 자식을 돌보았다는 소문이라도 날까 두려운 것이다. 그래서 대호 아재는 다미가 주막에 드나드는 걸 꺼렸다. 다미도 백번 이해했다. 그런 대호 아재를 의리 없는 사람이라고 생각해 본 적도 없었다. 그래도 그 큰 덩치에 마음만은 약해서 끝내 내치지 않는 대호 아재가 고마울 뿐이었다. 그러므로 도리어 다미 스스로 발걸음을 끊는 게 옳은 일일 텐데, 이곳이 아니라면 어디에 가서 품을 팔 것인가, 싶어서 다미도 대호 아재의 주막집을 드나드는 게 고역이었다.

다미가 잠깐 덧없는 생각을 할 때, 숙모가 나섰다.

"저 되놈들이 글쎄 국밥을 세 그릇이나 먹고, 수육까지 두 사발을 처먹더니 돈을 안 내고 도망가려 했지 뭐냐?"

그 말에 다미는 고개를 갸웃거렸다. 한눈에 보아도 청나라 사람 둘은 그까짓 국밥값을 치르지 않고 내뺄 사람처럼 보이지 않았다. 상인인 듯했지만, 비단옷을 말끔하게 차려입은 모습이었다.

다미는 얼른 두 청나라 상인에게 한어로 물었다.

"두 분이 여기서 밥을 먹고 돈을 내지 않고 도망가려 했다는데, 사실이에요?"

"오! 넌 한어를 할 줄 아는구나."

어두웠던 청나라 상인의 얼굴이 활짝 펴졌다. 다미는 고개를 끄덕였다.

"아비가 역관입니다. 그래서 조금은 할 줄 알아요. 이분은 내 삼촌이나 다름없는 분이시고요. 어서 말해 보세요."

"어이쿠! 그래 통변을 좀 해 다오. 도망가려는 게 아니라. 내가 밥을 먹기 전에 귀중한 보따리를 맡겼단다. 최상급 고려 인삼과 견본으로 받은 찻잎인데, 잃어버릴까 봐 맡아 달라고 했어. 그리고 밥을 다 먹고 가려는데 보따리를 돌려주지는 않고 다짜고짜 멱살을 잡지 뭐냐?"

억울하다는 듯, 나이가 조금 더 들어 보이는 청나라 사람이 먼저 대꾸했다.

"보따리를 이분들께 맡기셨나요?"

다미는 대호 아재와 그 옆에 선 숙모를 가리키며 물었다. 그러자 청나라 사람들은 고개를 저었다.

"여기서 일하는 아이 같은데, 키가 크고 얼굴이 허여멀건 처자

였지. 왼쪽 눈 아래 점이 있었단다. 아까는 보였는데 어찌 지금은 안 보이는지…."

누구인지 알 것 같았다. 대호 아재의 조카 초선을 가리키는 듯했다. 다미는 대호 아재에게 자초지종을 말했다. 그러자 대호 아재는 고개를 갸웃거렸다.

"네가 한어를 아는 게냐? 허, 그것참…."

대호 아재는 소리쳐 초선을 찾아오게 했다. 숙모가 얼른 달려가 초선을 데리고 나타났다. 초선의 가슴에 보따리 하나가 들려 있었다.

"어떻게 된 게야?"

"아까 이 두 분이 보따리를 맡아 달라는 것 같아서 방에 잘 모셔 두었지요. 그런데 그게 왜요?"

대호 아재의 물음에 초선이 대답했다.

"아이고, 이 답답한 것아! 지금 이 보따리 때문에 난리가 날 뻔했지 않니!"

숙모가 나무라듯 말했다. 그 틈에 청나라 사람들이 나섰다.

"이것이란다. 이걸 얼마나 비싸게 주고 샀는지 아느냐? 이걸 잃어버리면 내 목이 달아난단다."

"네가 아니었으면 큰일 날 뻔했구나. 어떻게 고마움을 전해야 할지…."

나이 든 청나라 사람과 키 작은 사람이 연이어 말했다. 이제야 안심이라는 듯 보따리를 끌어안고 서로 안도의 숨을 내쉬었다. 그러더니 얼른 바지춤에서 엽전을 꺼내 아재에게 건넸다. 그리고 두 사람은 다미에게도 고맙다며 머리를 조아렸다. 청국촌에 오면 '청다'라는 곳에 들러 '하오란'을 찾으라는 말도 남겼다. 하오란은 나이 든 청나라 상인의 이름인 듯했지만, 청다가 무엇을 뜻하는지는 알 수 없었다. 다미는 그저 고개만 끄덕였다.

"허, 참! 그런 줄도 모르고…. 거참, 볼 낯이 없구먼!"

"다미가 아니었으면 어쩔 뻔했어. 네가 복덩이다, 복덩이!"

겸연쩍었던지, 엽전을 받아 든 대호 아재는 딴청하듯 혼잣말을 했다. 뒤미처 숙모가 거들었다.

"크흠! 다미가 그런 재주가 있는 줄은 몰랐네."

"그런 재주만 있어요? 손끝은 또 얼마나 야무진데. 지난해 가을부터 손님들이 다미가 만든 섞박지만 찾던 기억 안 나요? 공연히 애 트집 잡을 생각일랑 말아요."

"내가 언제…. 아무튼 욕봤다. 어서 일해라. 오늘 일당은 야무지게 쳐서 줄 테니까."

그리고 대호 아재는 안채로 들어갔다.

숙모의 말에 다미는 공연히 쑥스러웠다. 일을 하다가 국밥집 손님이 섞박지 맛이 어떻고, 하는 이야기를 듣고 그저 연한 무를 써 보자고 했고, 너무 급히 만들지 말고 네댓새 절였다가 젓갈에 담가 하루 정도 재운 후에 만들자고 했을 뿐이었다. 엄마한테 배운 방법이었다. 그 이후에 단골손님들이 섞박지 맛이 좋아졌다는 둥, 섞박지 먹으러 온다는 둥, 농을 건네곤 했다. 숙모는 그 이후에 다미더러 김치도 담가 보라 했고, 동치미도 만들어 보라고 했다.

다미는 그걸 재주라 기억해 주는 숙모가 고마웠다.

아니, 지금은 그게 중요한 것이 아니었다. 다미는 이리저리 두리번거리며 부엌 쪽으로 몸을 돌렸다. 하지만 조 상궁의 모습은 눈에 띄지 않았다. 그런 다미의 모습을 보더니 숙모가 말했다.

"조 상궁 찾는 게야? 그렇지 않아도 어젯밤에 다녀갔어. 오늘은 안 오지 싶다."

"정말이요? 무슨 말 없었어요? 아무 말도 안 해요?"

"그래. 별말은 안 했다만…. 아이쿠! 내 정신 좀 봐. 네가 오늘쯤 올 거라고, 직접 둔지미*로 오라고 전해 달라 하더라."

"네? 둔지미라니요?"

"뭐라고 했더라? 너한테 무슨 책을 베끼라 했다던데…. 필사 말이다. 그 필사를 맡긴 이가 둔지미 서 대감 댁 마님이라더라."

"네?"

"조 상궁도 게 있을 거라던데?"

그 말에 다미는 고개를 갸웃거리다가 번쩍 눈을 떴다.

---

* 지금의 서울 용산 부근.

결코 다른 처지가 아니라서

밥전거리*에서 노량진으로 가는 길은 곧고 넓었다. 우마차와
도붓장수**들의 행렬도 그쪽으로 이어졌다. 반면 이촌 나루터 쪽
으로 가는 길은 좁고 비탈졌으며, 오가는 사람이 드물었다. 언덕
으로 오르는 길 왼편의 푸른빛이 유독 눈에 들어왔는데, 한눈에
보아도 다 자란 보리밭이었다.

다미는 보리밭 초입에서 잠시 숨을 돌리고 뒤미처 둔덕을 향해
걸었다. 오른편에서 왼편으로, 낮은 산을 휘돌아가는 길이었는데,
그 길을 걷는 내내 따사로운 햇살이 끈질기게 따라붙었다. 그 바
람에 둔덕의 허리 절반쯤 돌았을 때는 등줄기까지 땀이 축축하
게 배어들었다. 그래도 멈추지 않고 걸었다. 조 상궁을 만나는 일

---

* 지금의 삼각지 부근.
** 이리저리 돌아다니면서 물건을 파는 사람.

이 급했으니까.

"네가 궁녀로 들어갈 수 있도록 다리를 놓아 주마."

조 상궁의 그 말이 아직도 귓전에 생생했다. 그래서 대여섯 달은 말없이 기다렸다. 지금은 비록 출궁한 처지이지만, 여전히 조 상궁은 궁궐을 자주 오갔다. 실제 관직도 상정*까지 이르렀다는 소리를 들었다. 그렇다면 비록 궁궐 밖이긴 하지만 꽤나 힘을 쓸 수 있는 위치에 있음에는 틀림없었다.

하지만 여태껏 아무 소리가 없었다. 그러다가 예닐곱 달 만에 고작 한다는 소리가, "아무래도 네 아버지가 마음에 걸리는구나" 했다. 그래서 다미는 "아버지는 곧 나을 거예요. 그러면 무슨 일이든 다시 시작하실 거라고요. 그리고 아버지는 도리어 제가 시집도 못 가고 아버지 뒤치다꺼리나 하는 걸 더 못 견디실 거예요"라고 되든 안 되든 호소하듯 말했다. 아버지가 혀를 잘려 말을 하지 못한다는 말은 하지 않았다. 그러자 조 상궁도, "네 아버지 성품을 보면, 네 말이 그르지 않을 것이다만…" 했다. 그러고는, "봄이 오면 어찌 되지 않겠느냐?"라고 덧붙였다. 문득이 한 말이 아주 미덥지는 않았지만 일단 믿기로 했다. 그렇지 않으면 영영 다미는 몸을 잃은 아버지의 몸을 대신해야 하고, 정신을 놓은 순남 오라버니의 머리를 대신해야 하니까. 생각만 해도 오싹했다. 자기도 모르게 몸이 으스스 떨렸다.

---

* 종6품에 해당하는 벼슬.

결코 다른 처지가 아니라서

21

그러고 보니 몸이 움츠러들었다. 생각 때문이 아니라 등 뒤를 타고 흐르는 바람이 차고 뒤미처 서늘한 느낌마저 들었다. 저 아래 저잣거리에서 이 집 저 집 기웃거리며 대놓고 문고리나 훅훅 흔들어 대는 불한당 같은 눅눅한 바람이 아니었다. 볼에 닿는 느낌이 제법 서릿발 같았고, 더하여 짙은 풀 향기까지 배어 있었다. 무얼까, 싶어서 얼른 그리로 걸었다.

아!

강은 파랬고, 낮은 비탈에 펼쳐진 밭에는 키 작은 나무들로 연둣빛 물결이 일렁였다. 보리도 밀도 아니었다. 다가가 보니 차나무였다. 알 것 같았다. 강변을 거슬러 올라온 바람이 차밭 이랑을 지나며 차향을 품은 채 산비탈을 넘어온 것이었다. 그러고 보니 이랑 곳곳에 사람들이 보였다. 찻잎을 따는 건지, 저마다 소쿠리를 하나씩 들고 있었다.

다미는 엉뚱하다는 생각이 들었다. 이 널따란 비탈에 채마밭도 아니고 차밭이라니? 풍경을 즐기려는 어느 양반의 소행일까, 싶었다. 하긴 한량들이 모여서 차를 마신다는 소리를 들었던 기억이 났다.

그런데 그즈음이었다. 막 몸을 돌리려 하는데 차밭 아래쪽에서 고랑에 수그리고 있던 몇이 몸을 일으켜 이쪽으로 걸어 나왔다. 처음엔 그냥 그런가 보다 했는데, 가장 앞서 올라오는 여인의 걷는 품새가 어딘지 모르게 낯익었다. 혹시나 해서 쳐다보고 있으려니, 다름 아닌 조 상궁이었다. 가슴팍에 소쿠리를 하나 들었고, 바투 뒤쫓아오는 여인과 연신 무슨 이야기를 나누고 있었다.

다미는 자신도 모르게 옷매무새를 고치고 기다렸다. 공연히 가슴이 뛰었다. "그래, 당장이라도 궐에 들어갈 준비가 되었느냐?"라는 말이라도 들을지 모른다는 생각 때문이었다.

"거기 다미 맞느냐?"

조 상궁이 다미를 알아보고 물었다. 그리고 바투 다가왔다. 다미는 머리를 조아렸고, 그 틈에 조 상궁이 옆에 서 다미에게 말했다.

"빙허각 어른이시다. 인사 올리거라."

조 상궁의 말에 다미는 얼른 허리를 깊이 숙였다. 그런데 허리를 다시 펴기도 전에 다미는 뭔가 이상하다는 생각이 들었다. 설사 정경부인*이라도 여인은 '어느 댁 마님'이라고 말해야 하지 않나? 그런데 남자를 말하듯 '빙허각 어른'이라니? 게다가 옷차림새도 범상치 아니했다. 숙모의 말로는 대대로 종3품의 벼슬을 한 집안이라던데, 그 안주인의 옷차림새가 비단 치마는커녕 흔한 상민의 것과 다르지 않았고, 게다가 손에 호미와 소쿠리까지 들고 있어서 참으로 기이한 풍경을 보는 기분이었다.

"이 아이가…?"

"다미라 합니다. 잘 아시는 제 외가 쪽 언니 개천댁의 딸인데,

---

* 정1품, 종1품 문무관의 아내에게 주던 봉작.

아비가 역관을 지내서 글을 읽을 줄 알고 쓸 줄도 압니다."

다미는 입만 벙싯대다가 말았고, 조 상궁이 나서서 답했다.

"그래, 이야기는 들었다. 어떠했느냐?"

"…?"

《규합총서》 말이다. 네게 준 것은 책의 일부이긴 하지만, 내가 그것을 쓰고 나서 무엇보다 제 손으로 밥 짓고 채마 씻어서 밥상 차리는 여인네들이 어찌 생각하는지 궁금하였다. 한데, 너도 알다시피 여느 백성의 여인네 중에 글을 아는 자가 없지 않으냐? 그러던 차에 조 상궁이 네 얘길 하길래 기대하였다. 어디 보자!"

빙허각은 혼잣말하듯 하고는 손을 내밀었다. 다미는 얼결에 보따리를 내밀었고, 그걸 조 상궁이 받아 펼쳤다. 그리고 조 상궁은 다미가 필사한 종이를 빙허각에게 내밀었다.

"오호라! 서체가 여느 양반가의 자손 못지않다. 글은 네 아비가 가르쳐 주었다고 했지? 이렇게 재주란 반상의 법도를 따지지 않을진대 어찌 세상은 아직도 그리 따질 게 많은지…. 혹 네가 이 책을 필사하면서 이대로 따라 해 본 요리가 있더냐?"

빙허각은 놀라는 표정을 지었고, 아쉬워했다가 그새 궁금하다는 듯 물었다.

다미는 다소 당혹스러워서 얼른 대답하지 못했다. 대화가 일방적인 데다가, 집요한 느낌마저 들어서였다. 필사만 확인하면 될 일을 어찌 그럴까, 싶었다.

"오늘 칠향계를 끓여 아비에게 주었습니다. 끓일 때 향이 탕약 같았고, 끓여 놓고 상위에 올렸더니 삼계탕보다 보기에 좋았고 맛은 더 부드러웠습니다."

"오호라! 그리하였구나? 또?"

"일전에는 아비가 좋아하는 연포탕을…"

"그래? 연포탕은 맛이야 소고기 국물로 내지만*, 모양도 중요한데 숙유(두부)는 어찌했느냐?"

"단단히 눌러 주었습니다. 연한 상태로 국물에 끓이면 제 모양이 나지 않습니다."

"그리고?"

"길이는 8푼, 너비는 3푼으로 하되, 소금을 뿌려 솥뚜껑 위에서 지져 냈습니다."

"저런! 네가 요리에 진심인 것을 알겠구나."

"…?"

다미는 갑자기 무슨 말이냐고 되물을 뻔했다.

"네가 했다는 그 요리는 정성도 정성이지만, 절차 하나하나에 시간을 들여야 한다. 그것을 마다하지 않았으니, 어릴 적부터 밥 짓고 국 한 그릇 끓이는 일에도 무심치 않았을 것이다."

"별다른 일은 아닙니다. 집에 병자가 있습니다. 하여 몸에 좋다고 하거나 먹고 싶다는 음식이라면 형편이 닿는 대로 가리지

---

* 지금과는 달리 조선 시대에는 연포탕의 주재료로 닭고기와 두부를 사용했다.

않았습니다. 또한 돕는 이가 있어서 재료도 어렵지 않게 구했습니다."

다미는 윤 초시를 잠깐 떠올리며 얼른 대답했다. 그러자 빙허각은 미소를 지었고, 문득 한 발 앞으로 나서며 말했다.

"잠깐 따르겠느냐?"

빙허각의 말과 동시에 조 상궁이 고개를 끄덕였다. 하는 수 없이 다미는 조 상궁의 바로 뒤를 따라 차밭 비탈을 올랐다. 빙허각은 아까 다미가 차밭을 내려다보던 언덕에서 위편 마을 쪽으로 걸었다. 살짝 숨이 찰 정도가 되자 빙허각은 어느 기와집의 뒷문으로 들어갔다. 규모가 꽤 큰 집이었다.

도무지 영문을 알 수 없었지만 묻기도 편치 않아서 다미는 일단 조 상궁의 뒤를 바짝 쫓는 수밖에 없었다.

집 안으로 들어간 빙허각은 한쪽 별채에 이르러 멈추었다. 그때쯤 하인 하나를 불러 무언가 이르더니, 뜻밖에도 부엌으로 발걸음을 옮겼다.

어리둥절한 채 다미는 따라 들어갔다. 찬모*인 듯한 늙은 여종이 공손히 빙허각을 맞이했다.

"네게 묻고 싶은 것이 있어 이리 오자 했다. 자, 여기…."

빙허각은 부엌 한쪽에 보자기로 덮어 놓은 반상을 가리켰다. 그러자마자 찬모가 보자기를 걷어 냈다. 그 위에는 몇 가지 음식

---

* 반찬 만드는 노비.

들이 놓여 있었다. 다미가 무얼까, 싶어서 눈치를 보는데 빙허각이 다미에게 말했다.

"이것은 죽순 나물이다. 한번 먹어 보거라. 네 입맛이 궁금하구나."

갑작스러운 말에 다미는 놀라서 빙허각을, 그리고 조 상궁의 눈치를 보았다. 조 상궁은 고개를 끄덕였다. 하는 수 없이 다미는 젓가락을 들어 죽순 나물을 맛보았다. 상큼한 향이 돌았고, 아삭거리는 식감이 좋았다.

"맛납니다."

"그뿐이냐? 혹여 부족함이 느껴지지 않는지 묻는 것이다."

"그걸 어찌….'

다미는 이번엔 찬모의 눈치까지 살피며 주저했다.

"괜찮다. 무슨 말이든 해도 좋으니 솔직히 말해 보거라."

그래도 다미는 주저했다. 하지만 빙허각도, 조 상궁도 기다리고 있었다. 다미는 어렵게 입을 열었다.

"햇죽순이라 아삭한 식감이 없지 않았으나, 죽순을 너무 오래 삶은 듯하여 산뜻함이 덜하였습니다."

"그런가, 막둥 어멈?"

다미의 말이 끝나자마자 빙허각이 찬모에게 물었다. 그러자 찬모가 고개를 끄덕였다.

뒤미처 빙허각은 다미에게 산갓 김치와 고추장, 아주까리기름까지 맛보게 하고 똑같이 물었다. 물론 다미는 걱정은 되었지만, 자신이 생각한 대로 대답했다. 다미의 대답을 들은 빙허각은 똑같이 찬모에게 물었고, 그럴 때마다 찬모는 고개를 끄덕였다.

그런데 빙허각이 뜻밖의 말을 했다.

"개천댁의 솜씨를 그대로 물려받았구나."

"네, 어찌 저의 어미를…."

"조 상궁이 알려 주었다. 개천댁이 이전에도 이 집안에 행사가 있을 때마다 여러 번 와서 음식을 만들곤 했었다. 그런데 마침 조 상궁이 네 이야기를 하길래 네 솜씨를 보고 싶었을 뿐이다. 행여 너를 시험했다 여겨 노여워하지 말거라. 우리 집안에 행사가 많아 필요할 때 청할 수도 있고…."

"아…."

다미는 자신도 모르게 탄성을 뱉어 냈다. 그제야 빙허각이 직접 이곳까지 자신을 오게 한 이유를 알 것 같았다. 다미는 무어라 대꾸해야 할지 몰라서 가만히 고개를 숙이고만 있었다. 그때, 빙허각이 한 번 더 다미를 당혹스럽게 했다.

"그런데 너는 어찌 이런 재주를 써 볼 생각은 않고, 궁녀가 되고 싶어 한 것이냐?"

다미는 갑작스러운 물음에 숨을 딱 멈추고 말았다. 그 바람에 사레들린 듯 기침이 났다. 얼른 침을 삼키고 조 상궁을 쳐다보았다. 조상궁은 아무 표정은 없었지만, 아랫입술을 살짝 깨물어 보였다. 자신이 말했다는 뜻이었다. 그때 빙허각이 다시 물었다.

"괜찮다. 하도 당돌하여 묻는 것이다. 너에 대해 깊이 알지는 못하나, 글도 쓸 줄 알고 재주가 영 없는 아이 같지 않은데…. 더구나 아비가 역관이면 너의 신분도 아주 천하지는 않을 것인데…?"

다미는 침을 꿀꺽 삼켰다. 잠깐의 시간 동안 머릿속에 숱한 생각들이 오갔고, 그러다가 차라리 잘되었다, 싶은 쪽으로 결심이 흘러갔다. 다미는 빙허각이 아닌, 조 상궁을 먼저 쳐다본 다음 입을 열었다.

"중인의 여식이 무얼 하겠습니까? 그저 필부匹夫를 만나 필부匹婦로 사는 것이 아녀자의 삶이라는 말은 마십시오."

"더 큰 뜻이 있느냐?"

"있으면 무슨 소용이 있겠습니까? 반상의 법도가 있고, 남녀유별을 거스를 수 없는데 뜻을 품는다는 것 자체가 어불성설이 아닐는지요."

다미는 일부러 단단한 모양새로 대답했다. 그저 오기였다. 그런데 뜻밖의 대답이 돌아왔다.

"네 말에 독기가 서렸구나."

"그게 아니오라…."

다미는 가슴이 철렁 내려앉았다. 왠지 몰래 숨겨 둔 것을 들킨 기분이 들었다. 얼굴이 화끈거렸다.

"너는 세상을 원망하고 있구나. 그런 마음을 품고 있다면, 사내

대장부처럼 무엇이라도 하겠다고 나서야 하지 않겠느냐? 그런데 너는 도리어 더 깊은 수렁으로 빠져들려 하는구나."

"마님, 저는 다만…."

"말해 보거라."

다미가 다시 침을 삼켰다. 그런 다음 말했다.

"무엇도… 할 수 없습니다. 과거도 볼 수 없고, 아비가 하던 일도 따라 할 수가 없습니다. 여인이 할 수 있는 일이라곤 없습니다. 마님께서는 지체 높은 양반이라 뭐든 할 수 있을지 모르나, 소녀는 그러지 못합니다."

목소리가 떨렸다. 해도 되는지 모르는 말들을 주워섬겼다. 다미는 그럼에도 해야 할 것 같아서 멈추지 못하고 말을 이었다.

그런데 빙허각은 고개를 저었다.

"아니다. 네가 틀렸다. 지체가 높다 한들 아녀자에게 관대한 세상은 아니다. 내 나이 예닐곱 살 때였지. 그 무렵에 큰 오라버니가 과거에 급제하여 온 동네가 들썩거릴 만큼 큰 잔치가 벌어졌단다. 다들 기뻐하고 있을 때, 나는 할아버지와 아버지는 물론, 집안 어른들이 모인 곳에서 말했단다. 왜 여자는 과거조차 볼 수 없느냐고 말이다."

"…?"

"나 역시 이루지 못했지. 나 역시 너와 다르지 않다는 뜻이다. 하지만 그래도 무언가를 해야 한다는 생각은 지금도 변함이 없단다."

"...?"

"그래서 책을 썼다."

"그것도 마님이시니까 가능한 일입니다."

다미는 오기가 생겨서 대꾸했다.

"그 말도 맞다. 하지만 나는 홀로 서 있지 않으면 안 되겠다는 생각이 들었다. 사내들에게 기대 살고 싶지 않다는 뜻으로 이해해도 좋다."

'그런데 너는 평생 단 한 번도 마주칠 일이 없을지도 모르는 사내를 위해서 살겠다는 것이냐' 하는 말이 뒤따를 것 같았다. 하지만 빙허각은 도리어 엉뚱한 말을 했다.

"나는 스스로 빙허각이라는 이름을 지었다. 무슨 뜻인지 아느냐? 허공에 기대어 섰다는 뜻이다."

그 말에 다미는 조 상궁의 눈치를 보았다.

"누구에게도 의지하지 않고 홀로 내 삶의 주인이 되겠다는 뜻이다."

다미의 얼굴을 본 조 상궁이 대신 대답했다. 그 말을 듣고 다미는 곧장 되물었다.

"그러기 위해 책을 쓰셨다는 말입니까?"

"우선 그렇다. 읽고 쓸 줄 알면 세상을 보는 지혜가 생기고 깨달음이 생긴다. 네 아비와 어미도 그래서 너에게 글을 가르쳐 주었을 것이다."

"그건….”

다미는 반사적으로 입을 열었다가 닫았다. 불현듯 생각난 말
이 있었지만 차마 꺼내서는 안 될 것 같았다. 엄마는 그랬었다.
사내든 여인네든 똑같이 사는 세상이 왔으면 좋겠다고. 그 말만
은 해서는 안 될 것 같았다. 그 말의 뿌리가 신미년의 농민 난*에
깊이 박혀 있었기 때문에. 그리고 엄마는 그로 인해 역적이 되었
으므로.

---

* 1811년에 일어난 홍경래의 난을 가리킨다.

올가미

며칠째 빗줄기가 오락가락하더니, 새벽녘부터 달구비가 거칠게 쏟아졌다. 동이 틀 무렵에는 잦아들었다가, 늦은 조반상을 물릴 때까지 빗줄기는 거세졌다가 가늘어지기를 반복했다. 다미는 대청마루 한쪽 기둥에 머리를 기대고 앉아 맥없이 먼 하늘을 바라보았다. 안방에서는 이따금 아버지의 신음이 흘러나왔다. 또 악몽을 꾸는 모양이었다. 그 바람에 다미의 머릿속이 시끄러웠다.

물론 당장이라도 뛰쳐나가 차밭으로 내달리고 싶은 마음에 들볶여서일지도 모른다. 비 맞은 찻잎은 따지 않는다는 말만 기억나지 않았다면, 댓바람에 달려갔을 테다. 다미는 초록빛으로 물든 손가락을 잠깐 쳐다보고는 낮은 숨을 내쉬었다.

처음 빙허각을 만나던 날, 일거리를 주겠다고 찻잎을 따 보겠느냐고 했을 때, 의도는 알 수 없었으나, 당장 아버지의 약값이 급해 그러겠노라고 대답하고 며칠 동안 찻잎을 땄다.

첫날, 다미는 "어찌 마님께서 직접 찻잎를 따십니까?"라고 물었었다. 그러자 빙허각은 이마의 땀을 닦으며, "상스럽게 보이느냐?"라고 되물었다. 그 바람에 다미는 당황했다. 그러자 빙허각은 미소를 지었고, 연이어 말했다.

"농을 한 것이니 개의치 말거라. 이 차밭 농사는 일가 어른들의 반대에도 불구하고 내가 고집을 부려서 시작한 것이었다. 그러니 내가 책임을 져야지."

그 말에 다미는 그냥 고개를 끄덕이며 귀를 기울였다.

"그러려면 무엇보다 밭을 내가 잘 알아야 하고, 싹을 틔우고 자라는 것까지 알아야 마음이 놓이더구나."

다미는 연신 고개를 끄덕이며 머리를 조아렸다.

빙허각은 낮은 숨을 뱉어 내다가 한마디 더 했다.

"애초에 이곳은 그저 자갈 비탈이었지. 아무도 탐내지 않았단다. 나 역시 마찬가지였고, 그런데 내 시숙이 그러더구나. 어떤 땅이든 사람의 손길에 따라 달라진다고. 그래서 내가 식솔을 데리고 개간했지. 그리고 차를 심었단다."

그다음 말이 더 놀라웠다.

"한데 너는 내 시숙인 유구*가 농사짓는 법을 책으로 엮느라

---

* 우리나라 최초의 백과사전이라 할 수 있는 《임원경제지》를 지은 실학자 서유구를 가리킨다.

오줌 맛을 보고 직접 거름을 날랐다면 더 놀라겠구나?"

그 말에 다미는 대꾸도 못 하고 그저 멍하니 빙허각의 얼굴만 바라보았다. 그러자 빙허각이 또 이어 말했다.

"아니지. 그보다 내가 시동생의 스승이었단다. 내가 시동생에게 논어와 맹자를 가르쳤지."

다미는 놀라워서 입을 다물지 못했다. 그런 세상이 있다고? 머릿속에서 연신 되물었다. 지금 눈앞에서 보고, 듣고 있는 것이 다름 아닌, 엄마가 말한 바로 '또 다른 세상'이 아닌가.

오래전에 엄마가 그런 말을 했었다.

"혹시 아니? 우리가 모르는 또 다른 세상이 있을지?"

엄마는 그래서 아녀자도 글을 배워야 한다고 했다. 하지만 아버지는 계집이 글을 배워 무엇에 쓰겠느냐며, "천지개벽을 해도 여자가 세상에 나설 일은 없을 거야" 했다.

그래도 엄마는 무슨 마음을 먹었던지 "아무 일도 안 하면서 무슨 천지개벽을 바란단 말이에요? 당신이 싫다면 내가 가르칠 거예요" 했었다. 엄마도, 한미하지만 양반 가문에서 태어났고 그 덕분에 언문 정도는 익히고 있었으니까. 더하여 엄마는 "뭣이든 특출나게 해 봐. 쓰임새가 없겠어요?"라고 했고, 다미에게는 "너는 네가 배운 재주로 살아가렴"이라고도 했다.

아버지는 "계집아이가 배울 재주가 무엇이 있겠소. 밥 잘 짓고, 빨래 잘하고 애나 잘 키우면 되는 것을. 공연한 말로 아이 마음

들뜨게 하지 말게. 이 아이에게 무슨 탈이 나면 내가 지키면 될 일이오" 했지만 엄마는 끝끝내 뜻을 굽히지 않았다. "그래요. 그 거! 다른 부녀자보다 밥 잘 짓고 찬 하나 만들 줄 아는 것도 재주 라면 재주죠"라면서 다미의 등을 두드렸다. 그리고 엄마는 다미에 게 언문을 가르쳐 주었다. 다미가 글을 읽기 시작하자, 문리文理가 트여야 한다며 언문으로 된 책도 구해다 주었다.

그 모습을 보고 더 이상은 안 되겠던지, 아버지는 틈틈이 다미 를 붙잡아 앉혀 놓고 한자를 가르쳐 주었다. 다미는 곧잘 따라 했 다. 그런 다미의 모습이 기특했던지, 아버지는 다미에게 천자문을 가르쳐 주었고, 가끔 통변하는 일을 맡으면 데리고 다니며 한어 까지 한두 마디씩 알려 주기도 했다.

다미는 어쨌든 엄마의 세상과 빙허각의 세상은 통하는 데가 있 다는 생각이 들었다. 그래서 놀라웠고 머릿속이 복잡해졌다.

'없는 줄 알았는데…. 그 세상은 그저 엄마의 헛된 꿈인 줄 알 았는데! 그런 꿈을 꾸었다고 수많은 사람이 붙잡혀 가서 죽기까 지 했는데, 아버지도 저리 온몸이 부서져서 돌아왔는데…. 그런 데 어느 곳에서는 그런 세상이 조금씩 열리고 있었다고?'

그러나 다미는 고개를 저었다. 아직은 모르는 일이라고. 빙허각 은 신분이 높으니 아무리 여자라도 그 뜻대로 할 수 있는 것이라 고, 다미는 눈을 질끈 감고 세차게 머리를 저었다.

그때였다. 인기척이 느껴진다 싶었는데, 다미가 눈을 채 뜨기도 전에 굵직한 목소리가 빗소리를 가르고 들려왔다.

"무얼 그리 도리질을 치는 게야. 복 나갈까 겁나는구나. 흠!"

눈을 떴을 때, 막 사립문 안으로 들어서는 윤 초시가 보였다. 그 뒤로 순남 오라버니가 쪼르르 따라 들어왔다. 다미는 얼른 몸을 일으켰다.

"거참, 무슨 목비*가 이리도 험하게 쏟아지누! 봄장마라도 지려는 게야?"

"장마가 지나 봐. 장마가 져!"

윤 초시가 투덜대며 앞마당을 가로질렀고, 순남 오라버니가 뒷말을 따라 하면서 윤 초시를 앞질렀다. 순남 오라버니는 냉큼 처마 안으로 들어서더니, 무슨 허물 벗듯 도롱이를 벗어 던지고는 얼른 대청마루로 올라갔다. 그러고는 성큼성큼 다미 방으로 들어가 서안과 필통을 가지고 나와 먹부터 갈았다. 제집이 따로 없었다. 아마 또 필사 흉내를 내려나 보다, 했다. 뒤미처 윤 초시가 처마 안으로 들어서더니 짚으로 덮은 망태기를 마루 위에 내려놓고 얼른 도롱이와 갓을 벗었다.

"누가 잉어를 주더구나. 푹 고아 먹으면 원기 회복에 도움이 된다더라. 아버지는?"

뻔히 알 텐데도 윤 초시는 다미한테 물었다.

---

* 모낼 무렵에 쏟아지는 비.

"막 잠드셨어요."

다미가 대답했지만, 윤 초시는 그러거나 말거나 비에 젖은 옷을 털더니 마루 위로 올라섰다. 그리고 잊었다는 듯 고개를 돌려 한 마디 던지듯 말했다.

"내가 좋은 소식을 가져왔으니, 어디 가지 말고 기다리거라. 먼저 네 아버지랑 이야기를 나누고 올 테니…."

그러더니 윤 초시는 안방 문을 열고 안으로 들어갔다.

다미는 다시 마루 끝에 앉았다. 곧 안방에서는 아버지가 잠에서 깨어나는 소리가 들렸고 연이어 두런거리는 말소리가 이어졌다. 들리는 말소리도 있었고, 빗소리에 뭉개져서 알아들을 수 없는 소리도 있었다. "참, 어렵게 구한 책이오. 그런데 이걸 어찌 보려 하는 거요?"라든가, "알아요. 누가 예까지 뒤적거리겠소만, 조심하시오"라는 말은 들렸고, 그 이후에는 잠잠해졌다. 몸도 성치 않은데 아버지가 또 책을 탐내는구나, 싶었다. 그냥 그뿐이었다.

다미는 한숨을 몰아쉬고, 대청마루 한쪽을 힐끔거렸다. 순남 오라버니가 무언가 하느라 연신 꼼지락거렸다. 그러다 눈이 마주치면 과장되게 이를 드러내 보이며 웃었다. 하지만 그 미소는 다미를 도리어 불안하게 만들었다. 조금 전 윤 초시의 '좋은 일'이란 말 때문이었는데, 그것이 자신과 관련이 없을 것임은 다미는 잘 알았다. 그래서 자꾸만 방 안의 목소리에 신경이 쓰였고, 가슴은 더 답답해졌다.

갑자기 달포 전에 꾸었던 꿈의 한 장면이 훅 스쳐 지나갔다.

죽은 엄마가 너무나도 생생하게 살아 돌아왔다. 녹색 치마저고리를 입고, 곱게 머리를 올렸는데 웃음을 멈추지 않았다. 아버지역시 멀쩡한 몸이었는데, 남색 두루마기까지 갖추어 입었다. 다미가 그 누구보다 화사했다. 혼례복을 입고 연지곤지를 찍었으니까. 그리고 혼례상 저편에는 순남 오라버니가 사모관대를 차려입고마주 서 있었다. 다미가 놀란 입을 다물 새도 없이 순남 오라버니가 누런 이를 드러내면서 히죽히죽 웃었다. 그 바람에 다미는 기겁을 하고 깨어났다. 순남 오라버니가 멀쩡할 때는 한 번도 그런꿈을 꾸지 않았는데….

그 꿈이 처음은 아니었다. 다미는 순남 오라버니의 아버지 윤초시가 집에 자주 드나들 무렵부터 같은 꿈을 꿨다.

윤 초시는 어느 날부터 쌀이며, 굴비는 물론이고 때로는 구하기 힘들다는 타락(우유)까지 들고 와서 "사람부터 살리고 봐야 하지 않겠느냐?" 했다. 절이라도 하고 싶었다. 아버지가 풀려나긴 했지만 모진 고문으로 얻은 병 때문에 생사의 기로를 헤매던 참이었으니, 그 고마움을 이루 말할 수가 없었다. 아버지가 일을 하지않으니 찬거리조차 구할 수 없었고, 이웃들은 역모에 내몰린 집안이라며 철저히 외면했다. 그런 차에 하루가 멀다 하고 먹을 것은 물론이고 약까지 구해다 주는 윤 초시는 하늘이 내린 은인이었다.

다미가 사양하는 체해 보았으나, 그때마다 윤 초시는 "이럴 때 이웃끼리 돕는 것이야!"라면서, 또는 "아무리 네 아버지가 무슨 일을 저질렀어도 우리가 보통의 사이냐?"라면서 아버지를 잘 돌보라고 했다. 틀린 말은 아니었다. 각별하다면 각별했다. 아버지와 윤 초시는 동문수학한 사이였고, 한동안 함께 역관의 길을 갔다. 그러다가 윤 초시는 역관보다는 돈을 버는 게 낫다며 장사꾼이 되긴 했지만. 그럼에도 이웃에 살면서 자주 왕래했고 다미의 엄마와 순남 오라버니의 엄마도 자매처럼 살갑게 굴었다.

순남 오라버니는 또 어떻고? 역병에 걸려 열흘이나 고열로 사경을 헤매다가 정신을 놓기 전까지만 해도 친동생 살피듯 다미를 보살펴 주지 않았던가. 동네 사람들도 "커서 둘이 신랑 각시 하려무나!" 했다. 그때까지만 해도 순남 오라버니가 얼마나 든든했는데. "내가 너는 언제든 지켜 줄 거야"라는 말도 여러 번 했었고. 그것이 불과 서너 해 전의 일이었다.

그래서 순남 오라버니가 정신을 놓은 뒤에도 마치 제집인 양 드나들어도 다미는 그러려니 했다. 다미는 순남 오라버니를 제 친오라버니 대하듯 돌보았다. 열병을 앓고 난 뒤 갑자기 예닐곱 살 아이로 돌아간 순남 오라버니를 한 번도 남이라 생각한 적이 없었다. 그래야 한다고 생각했다. 그게 윤 초시의 은혜에 보답하는 길이란 생각도 들었다. 그러다 보니, 순남 오라버니도 종일 다미 곁에서 놀았다. 처음엔 윤 초시가 일을 나갈 때마다, "혼자 두고 가기 걱정이 되는구나. 그냥 데려다가 밥만 챙겨 주면 좋으련 만…" 했다. 다미는 당연히 그러겠다고 했고, 그 이후부터 순남 오라버니는 으레 눈만 뜨면 달려오곤 했다.

다미도 한 번도 귀찮아하지 않았다. 내 식구라 생각했다. 잘못이라면 윤 초시의 이물스러운 속마음을 헤아리지 못한 것이었다.

어느 날, 순남 오라버니네와 담벼락을 맞대고 사는 육손이 할멈이 찾아왔다. 마을의 일에 다 참견하고 다니는 게 일인지라 육손이 할멈이 그저 아버지의 동태를 살피러 온 줄 알았다. 그런데 할멈은 뜻밖에도, 다미의 손을 오래도록 잡아 주더니 말했다.

"별수 있겠니? 네 애비가 저 지경이니 워찌 먹고 살 거여? 그냥 순냄이랑 애비 돌보며 살아야지. 계집의 팔자가 다 그런 거이다."

다미는 무슨 소린지 몰라서 할멈을 쳐다보았다. 어눌한 충청도 사투리가 섞여 있어서 못 알아들은 것이 아니었다. 그런데 할멈은 안쓰러운 표정으로 연신 고개를 끄덕이기만 했다.

기분이 썩 좋지 않았다. 다미는 할멈이 붙잡은 손을 빼내고 침을 꿀꺽 삼켰다. 그때, 할멈이 다시 말했다.

"이제 어쩔 거여? 그동안 윤 초시 아녔으면 어찌 먹고 살았겠어. 네 애비가 저만한 것도 알고 보면 죄 윤 초시 덕인 거여."

순간, 새까만 장막이 눈앞을 덮는 기분이 들었다. 어진혼이 나갈 지경이었다. 다미는 정신을 똑바로 차리기 위해서 자꾸만 입술을 깨물었다. 어느 순간 피 맛이 났다. 그제야 알 것 같았다. 윤 초시가 끊임없이 쌀과 닭고기와 돼지고기, 그리고 약까지 실어 날랐던 이유를. 그제야 비로소 다미는 윤 초시의 음흉한 속내를 알아차렸다. 다미는 당장 그날 밤, 겨우 잠든 꿈속에서 혼례를 치렀다. 꿈의 끝자락에는 또 포졸들이 달려와 알지도 못할 죄목을 들이대며 목에 올가미를 씌워 끌고 갔다.

하지만 더 끔찍한 것은, 그 '올가미'로부터 조금도 벗어날 수 없다는 것을 깨달았을 때였다. 정신을 차리고 부랴부랴 일자리를 찾고, 국밥집으로 나섰지만, 그것으로는 당장 아버지의 죽을 끓여 대기도 빠듯했고, 약값은 어림도 없었다.

그 순간을 떠올리자 다미는 손끝이 파르르 떨렸다. 그리고 거의 동시에 안방에서 윤 초시의 목소리가 들렸다.

"다미야, 좀 들어오너라."

다미는 화들짝 놀랐다. 정신을 가다듬고 마루에 올라섰다. 마루 저편에서 순남 오라버니가 서안 앞에 앉아 땀을 흘리며 글씨를 쓰고 있었다. 이상했다. 정신은 나갔는데도 글씨는 또박또박 잘 썼다. 순남 오라버니는 자기가 뭘 하는지도 모른 채 부엌에 따라 들어와 국도 끓였다. 다미는 순남 오라버니를 힐끗 쳐다보고 방으로 들어갔다.

"됐고, 게 앉거라."

문을 닫으려는데 윤 초시가 말했다. 다미는 문지방만 넘어선 채로 그 자리에 앉았다. 아버지를 힐끗 보았는데, 잔뜩 인상을 쓰고 있었다. 잠을 자고 일어나서인지 아버지의 눈빛은 맑았는데 왠지 근심이 서린 듯했다.

윤 초시가 아버지를 한번 힐끔 쳐다보더니 입을 열었다.

"네 아버지한테는 말했다. 가을에 혼례를 올리기로 말이다. 순남이가 벌써 열아홉이고, 네가 열여섯이지 아마? 가을이면 네 아버지도 기력을 많이 회복할 게야."

숨이 탁 막혔다. 다미는 아버지를 쳐다보았다. 아버지가 힘없는 큰 눈을 두어 번 껌벅였다. 다미가 놀랄 사이도 없이 윤 초시가 말을 이었다.

"혼례를 올리고 나더라도 네 아버지는 그냥 이곳에서… 기력은 회복해도 누군가 보살피지 않으면 안 될 테니, 출가외인이라고는 하나, 네가 돌보아 드려야 하지 않겠느냐? 네 아버지와 나는 막역한 사이이고 하니, 그 정도는…."

"지금도 순남 오라버니는 잘 돌보고 있습니다."

다미는 당장 뛰쳐나가고 싶은 마음을 억누르고 가까스로 입을 열었다.

"그래. 잘하고 있는 거 안다. 그럴 바엔 소꿉놀이를 할 게 아니라, 혼사를 치르는 게 맞지 않겠느냐?"

"하지만 저는 아직… 할 일도 있고…."

"맨날 그 소리! 그리고 보자 하니, 무슨 필사를 하고 그런다는

데, 그게 무슨 살림에 보탬이 되겠느냐? 아녀자가 과거를 볼 것도
아니고. 그러니 애초에 쓸모없는 짓 하지 말고….”

“요리에 관한 책입니다. 옷을 만들고 바느질하는 방법도 담겨
있습니다.”

무슨 말이라도 해야 할 것 같아서 다미는 용기 내어 말했다. 입
안에서 ‘아녀자가 해야 할 일이 그 안에 다 적혀 있습니다. 그것
을 익혀 두면 혼인한 후에도 도움이 될 것입니다’라는 말이 맴돌
았다. 그 말이라도 하면, 조금이라도 윤 초시의 질주를 막을 수
있을 것 같아서였다. 하지만 그 말이 쉽게 나오지 않았다.

“흠! 그런 책이 있다고? 도대체 누가 그런 책을 썼다는 게야?”

“둔지미 서 대감 댁의 작은 마님이 쓰셨습니다.”

“서 대감 댁이라면… 그래, 한때는 그 댁 어른이 당상관 벼슬을
하기도 했지. 하지만 옥사도 겪고 하더니, 영 예전만 못하다 들었
다. 그런데 그 댁 마님이 그런 걸 썼다고?”

“《규합총서》라 한답니다. 부녀자들이 평생 배워야 할 지식을
담아 놓았다고 했습니다.”

“허허! 부녀자들이 알아야 얼마나 알겠다고, 그걸 구태여 책을
봐야 아느냐? 바느질이나 익히고 대를 잇기만 하면 되는 것을….
네 어머니도 자꾸 세상일에 나섰다가 네 아비를 이 몰골로 만들
어 놓은 것이 아니…”

무언가에 짜증이 났는지 윤 초시는 목소리를 높여 나무랐다.

하지만 그러다가 아버지와 눈을 마주치고 얼른 입을 다물었다. 하지만 이미 아버지는 잔뜩 인상을 썼고, 흘끔한 얼굴이 아까보다 더 어두워졌다. 그러자 민망했던지 윤 초시는 크게 두어 번 헛기침을 하고 나서 말머리를 돌렸다.

"어쨌거나 육손이 할멈한테 말해 놓았다. 혼례 준비를 도와줄게야. 그 양반님네 마님이 노비만 부릴 줄 알지 무얼 알겠느냐? 육손이 할멈보다 못할 것이다. 너도 배울 게 있으면 육손이 할멈한테 이야기하거라."

그 말을 끝으로 윤 초시는 아버지와 다미의 눈치를 보더니 몸을 일으켰다. 그러고는 마루로 나섰고, 순남 오라버니를 본체만체하고는 마당으로 내려서서 빗속으로 걸어 나갔다.

다미는 잠시 마루 끝에 주저앉았다. 온갖 생각이 머릿속을 휘저었다.

'이건 아니야!'

속으로 외쳤다. 이럴 수는 없다고 생각했다. 다미는 계속 머리를 저었다.

진작 달아났어야 했다고, 다미는 자신을 질책했다. 육손이 할멈의 말을 들었을 때 야반도주라도 하지 않은 게 후회되었다. 그때는, '차마 어떻게 그래? 아버지와 순남 오라버니는? 윤 초시가 그렇게 많은 은혜를 베풀었는데…. 그래 조금만 기다리자. 아버지도 좋아지고, 순남 오라버니도 좋아진 다음에. 그리고 어떻게든 품삯을 모아서 조금이라도 빚을 갚은 다음에…'라는 생각으로 주저앉았었다. 그게 하루가 되고 이틀이 되었다.

그러는 동안 윤 초시는 더욱 견고한 올가미를 만들었던 것이다. 도저히 빠져나갈 수 없는. 이제는 딱 하나의 핑계밖에는 없었다. 빨리 궁궐로 들어가야 했다.

다미는 벌떡 일어났다. 그리고 광으로 가서 도롱이를 꺼내 뒤집어썼다.

"다미야, 어디 가? 응? 다미야! 다미야! 나도 갈래!"

뒤에서 순남 오라버니가 칭얼대듯 말했다. 하지만 돌아보지 않았다. 다미는 절박한 마음으로 집을 나섰다. 얼른 조 상궁을 만나야 했다. 빙허각 댁이든, 대호 아재의 주막집이든 찾아가야 했다. 조 상궁이 있는 곳이라면 어디든.

그날 밤의 비명

쨍그랑!

손에서 미끄러진 그릇이 바닥에 떨어져 산산조각 났다.

"아이고! 얘가 오늘 왜 이런대? 네가 정말로 뭔 일이 있는갑다. 그 야무진 손으로 그릇을 두 번이나 놓치는 걸 보면…."

숙모가 호들갑스럽게 나섰다. 얼른 다미를 한쪽으로 밀어내며 깨진 그릇 조각을 주웠다. 다미가 뒤늦게 정신을 추스르고 얼른 허리를 구부렸지만, 숙모는 다미를 향해 손을 내저었다.

"아니다, 아니여! 오늘은 그만혀라. 그릇은 열 개를 깨도 좋은데, 너 다칠까 겁난다."

숙모는 아예 다미를 부엌 밖으로 내몰았다. 한창 점심때라, 주막 마당에는 손님이 수없이 오갔다. 가만히 서 있어도 자리를 찾아 들고나는 사람과 부딪쳤고, 일하는 손길과도 엉켰다. 결국 다미는 이리저리 밀려서 튕기듯 바깥으로 나오고야 말았다.

다미는 길거리 한쪽에 서서 어찌할 바를 몰랐다. 며칠 전 윤 초시가 다녀간 뒤로 가을에는 혼사를 치르자는 말만 머릿속에 맴돌았다. 예의 조 상궁이 생각났고 다시 차밭으로라도 달려가 볼까, 싶었다. 하지만 얼마 전 조 상궁이 평양에 일 보러 갔다는 빙허각의 말이 생각나 발끝만 움찔거리다가 말았다. 물론 조 상궁을 만난다고 해도 당장 궁궐로 들어갈 수 있는 것은 아니었지만.

다미는 떠밀리듯 길옆으로 걸었다. 어딜 가야 할지 알 수 없었다. 자꾸만 상상이 나쁜 쪽으로만 치달았다.

공연히 엄마가 야속했다. 그날 밤, 개천*으로 떠나면서 엄마는 "우리처럼 하찮은 백성들도 차별받지 않는 세상이 올 거야. 그런 세상을 만들고 돌아올게"라고 말했다. 하지만 그런 세상은 오지 않았다. 엄마는 사라졌고, 사라진 엄마 때문에 아버지는 대신 관아에 붙들려 가 치도곤을 당하고, 뼈가 부서져서 돌아왔다. 엄마는 그 뒤로 죽었는지 살았는지도 알 수 없었다.

다미는 길게 한숨을 내쉬고 조금 더 걸었다. 어디로 향하는지도 모르고 잰걸음을 놀렸다. 복잡한 시장 거리를 지나며 문득 고개를 들었을 때, 숭례문이 보였다. 순간적으로 집으로 가는 방향을 등지고 있다는 것을 깨달았지만, 개의치 않았다.

다만 어쩔 수 없이 걸음을 멈추어야 했던 것은, 맞은편에서 느

---

* 지금의 평안남도 개천시.

닷없이 나타난 청나라 상인들 때문이었다. 막 포목점을 끼고 돌아 골목에서 빠져나온 짙푸른 비단옷의 청국 상인 무리가 앞을 가렸다. 게다가 한쪽 옆에는 새까만 옷을 도포처럼 뒤집어쓴 양인(서양인)도 보였다.

양인을 처음 보는 건 아니었지만, 왠지 겁이 났다. 다미는 멈칫했고, 잠시 쳐다보다가 어쩌지 못하고 머뭇거렸다. 그러다가 청국 상인 하나와 눈이 마주쳤다. 낯이 익다고 느끼는 순간 그가 이쪽을 쳐다보았다. 그러더니 일행을 뿌리치고 이쪽으로 성큼성큼 걸어왔다. 그리고 한어로 물었다.

"너 그 아이 맞구나. 나를 기억하겠지? 하오란!"

엽전까지 쥐어 준 그가 기억이 나지 않을 리 없다. 하지만 다미는 당혹스러워서 잔뜩 움츠린 채 하오란을 쳐다보았다. 그가 내뱉은 한어에 선뜻 대답하지 못했다. 바투 다가온 또 다른 청나라 사람 둘과 양인까지 길을 막고 서는 바람에 이게 무슨 일인가 싶었다.

그때, 뒤미처 따라온 양인이 하오란에게 무슨 말을 했다. 양인이 쓰는 말이었다. 조금도 알아들을 수가 없었다. 그런데 하오란은 고개를 끄덕이더니, 그 역시 양인의 말로 대꾸했다. 그러자마자 양인은 놀란 듯 눈을 크게 떠 보였다. 다미는 이러지도 저러지도 못하고 발만 동동 굴렀다. 얼른 자리를 벗어나고 싶을 뿐이었다.

그런 다미의 마음을 알아채기라도 한 듯, 하오란이 다시 말했다.

"이 서양 사람한테 네 이야기를 했다. 저번에 주막집에서 있었던 일 말이다. 신기해하는구나. 어떻게 한어를 그리 잘하는지 말이야. 자기가 알기로 조선의 여자들은 양반조차 교육받을 기회가 거의 없다고 들었는데 놀랍단다."

"…?"

"아니, 이럴 게 아니라 어서 들어가자. 내가 따뜻한 차라도 한잔 대접하고 싶구나."

"네? 그게 무슨 말씀이신지?"

"무슨 말이라니? 여길 찾아온 게 아니더냐? 청다를 기억하고 온 것이 아니었어?"

하오란이 다미의 등 뒤쪽을 가리켰다. 다미가 돌아보니 활짝 열린 대문 옆에 새빨간 등롱이 보였다. 그 등롱에 한자로 적힌 '청다'라는 글자가 눈에 들어왔다. 그러고 보니 어느새 청국촌이 있는 거리까지 온 거였다.

"자, 어서 들어가자꾸나."

뒤편에서 목소리 하나가 더 날아왔다. 지난번 주막에 하오란과 함께 있었던 청나라 상인이었다. 그는 아예 두 손을 들어 문 안쪽으로 다미를 밀어 댔다. 하오란이 앞장섰고, 얼결에 다미는 그 뒤를 따라갔다.

문안으로 들어선 다미는 어리둥절했다. 곧바로 널따란 방이었고, 그 방 안에는 탁자들이 띄엄띄엄 놓여 있었다. 창이 있는 왼

편에는 주막집에서 보던 평상도 몇 개 들어서 있었으며, 오른편에
는 여러 개의 방이 늘어서 있었다. 다미가 한 번도 본 적 없는 곳
이었다. 그러나 다미를 어쩔 줄 모르게 한 건 그것만이 아니었다.
어떤 냄새가 코끝에 깊이 배어들었다.

차!

틀림없이 차향이었다. 그래서 '청다淸茶'인가? 그렇다면 여긴 도
대체 무엇을 하는 곳일까. 방 안은 온통 차 향기로 가득했다. 그
래서인지 혼잡했던 머리가 깨어나는 기분마저 들었다.

"하오란! 어서 오세요. 그렇지 않아도 손님이 기다리고 계십니
다."

저편에서 변발한 마른 남자가 다가왔다. 초록색 비단옷을 입은
그의 얼굴은 여자인지 남자인지 알 수 없을 만큼 매끈했다.

"오, 그런가? 안내하게. 마침 잘되었구나. 너도 함께 가면 좋겠
다."

다미는 너무나 어색해서 빨리 나가고 싶은 마음이 더 컸지만,
어쩔 수 없이 엉거주춤한 모양새로 뒤를 따랐다. 그 뒤로 두 명의
청나라 상인과 양인도 따랐다. 하오란은 오른쪽 끝의 방문을 열
고 안으로 들어갔다.

"제가 좀 늦었습니다. 오다가 귀인을 만났지 뭡니까. 일전에 제
가 말씀드렸지요? 봉변을 당할 뻔했는데 통변하여 저에게 도움을
주었던 아이가 있었다고. 여기…."

그리고 하오란은 뒤를 돌아 다미를 앞에 세웠다. 그런데 순간, 다미는 깜짝 놀라고 말았다. 하오란이 한어로 예의를 갖추어 대한 사람은 조선 여인, 다름 아닌 빙허각이었다.

"마, 마님!"

"저런! 다미가 아니더냐? 요 며칠 차밭에는 왜 안 오나 했는데, 이렇게 엉뚱한 곳에서 보는구나."

"마님께서 아시는 처자입니까?"

빙허각의 말이 끝나기도 전에 하오란이 한어로 끼어들었다.

"알다마다요. 우리 차밭에서 차를 따는걸요. 그나저나 다미 네가 한어를 한다고? 너는 정말로 나를 여러 번 놀라게 하는구나."

빙허각은 하오란을 향해 한어로 말하다가 고개를 돌려 다미에게 말했다. 빙허각의 한어도 유창했다. 그래서 도리어 다미가 또 놀랐다.

"그저 아비를 따라다니며 어깨너머로 익힌 것일 뿐입니다. 저보다는 마님께서 더…."

"어쨌거나 내가 너를, 네가 나를 피할 수 없는 것을 보니 인연은 맞구나. 게 앉거라. 하오란과 나는 청나라에서 만난 사이다. 10년 남짓 되었을 것이다. 대감께서 사신단의 일원으로 북경을 방문하실 적에 나도 따라나섰지. 그때 청국인들을 많이 만났는데, 하오란도 그중 하나였단다. 하오란이 조선의 차에 관심이 많다는 것도 그때 알았고."

빙허각의 말에 하오란은 조선어를 알 리가 없는데도 연신 고개를 끄덕였다. 그 옆에서 다른 청나라 사람 둘과 양인도, 덩달아 따라 웃었다. 어쨌거나 다미는 영 어색해서 앉은 자리가 바늘방석 같았다. 그 때문에 자꾸만 입술을 깨물었는데, 빙허각이 문득 물었다.

"이곳은 차를 마시며 이야기를 나누는 곳이다. 청나라 북경에도 그렇고, 서양에도 이런 곳이 많다지요?"

빙허각이 다미에게 말하더니, 하오란과 양인을 보며 한어로 물었다. 그러자 두 사람 모두 고개를 끄덕였다. 그러자 빙허각이 다시 다미에게 말했다.

"아무튼 그때 그런 생각이 들더구나. 머잖아 조선에도 이런 다점茶店이 여럿 생길 거라고. 아니나 다를까 보란 듯이 이렇게 생겼더구나. 아직 가 보지는 않았지만, 제물포에도 생겼더란다. 조선인들에게는 낯설어도 청국인과 양인들이 드나들 것이라고."

"그래서 돌밭 언덕에 차를 심기로 했던 것입니까?"

"그런 셈이지. 남들이 지금 하고 있는 것보다 앞으로 무엇이 닥쳐올까, 생각해 보았지. 그래서 차를 심어 보자 했고, 이곳에서는 내가 심은 차도 마실 수 있단다."

"무슨 말씀을 하시려는 건지…."

"뭐든 준비하거라. 변한다. 무엇이든, 아주 단단한 것이라도 시간이 그 모든 것들을 무르게 할 것이야. 그리고 재주가 있다면 세상을 더 빨리 변하게 만들 수 있단다. 넌 남다른 재주가 있지 않느냐?"

"마님께서는 자꾸 소녀에게 재주가 있다고 하시는데 저는… 설사 있다고 하더라도 내로라하는 반가의 자손도 아니요, 상것 계집아이에 불과한 저에게 재주가 있다 한들 어디에 쓰겠습니까."

다미는 오기가 생겨 대답했다. 반감이라 해도 좋았다. 다미의 생각에, 빙허각은 자신만이 할 수 있는 일을 마치 누구나 할 수 있다고 말하는 것 같았다. 그게 듣기에 썩 좋지 않았다. 하지만 곧 입술을 깨물며 자신을 타일렀다. 지금 자신의 마음이 모가 난 것은 빙허각 때문이 아니라, 윤 초시의 탓이라고. 다미는 뿔난 마음을 들킬까 봐, 잠시 고개를 돌렸다.

그사이, 아까 보았던 매끈한 얼굴의 남자가 문을 열고 들어왔다. 그는 심부름꾼인 듯한 다미 또래의 아이와 함께 찻잔과 주전자, 그리고 찻잎이 담긴 바구니를 탁자 위에 내려놓았다. 그런 다음, 남자는 능숙한 솜씨로 비취색 찻잔에 직접 물을 따르고 두 번을 헹구었다. 세 번째 물을 따른 다음에야 남자는 대나무 대롱으로 찻잎을 퍼서 찻잔에 넣었다. 그러자마자 은은한 차의 향이 아까보다 짙게 퍼졌다. 다미는 자신도 모르게 숨을 크게 들이쉬었다.

"그래. 그렇게 깊이 차 향기를 들이키면 지금 머릿속을 무겁게 짓누르고 있는 근심이 조금은 가라앉을 게야."

빙허각의 그 말에 다미는 깜짝 놀랐다. 마치 속마음을 들킨 듯해서 얼굴이 달아올랐다. 하지만 빙허각은 무어라 묻지는 않았다. 도리어 빙허각은 다미에게서 시선을 거두고 하오란과 양인에게 한어로 말을 걸었다.

"필립은 우리 차를 법국(프랑스)과 보로사(프로이센)까지 가져가겠다는 것이 진심이오?"

"그러합니다. 법국과 보로사에도 차를 마시는 사람이 많습니다. 그동안은 청국의 차를 가져갔지만 하오란의 말을 듣고 궁금증이 생겨 조선의 차도 얼마간 가져가 시음해 볼까, 합니다."

"그나저나 필립은 그 먼 나라에서 예까지 오느라 고생이 많았겠소?"

"말이 안 통해서 어렵고, 마땅히 쉬고 잠잘 곳이 없어서 두루 편치는 않았습니다. 그래서 하오란에게 신세를 많이 졌습니다. 하오란이 아니었으면 꿈도 꾸지 못했을 것입니다."

"그보다는 오래전 있었던 서학 탄압 사건 때문에 더더욱 움직이기 편치가 않습니다."

빙허각과 양인의 대화에 하오란이 끼어들어 걱정스러운 낯빛으로 말했다.

다미는 그런가 보다, 했다. 머릿속에 이들의 말이 들어오지 않았다. 차를 홀짝홀짝 마시면서 언제 일어나 밖으로 나갈지 생각했다. 어려운 자리라 이러지도 저러지도 못한 채 시간만 흘렀다.

하긴 밖으로 나간다고 마땅히 갈 곳이 있는 것도 아니었다. 그 때문에 맘을 졸였다가도 맥을 놓고 멍하니 찻잔만 바라보았다.

그렇게 얼마나 시간이 지났을까. 창 쪽에서 넘어온 땅거미가 방 안에 조금씩 스며들었다. 하오란이 책상 한쪽에 놓여 있던 촛대 몇 개를 가져와 불을 피웠다. 방 안이 다시 조금은 환해졌다.

그런데 그때였다. 밖에서 누군가의 목소리가 들리고 소란스러워지는 듯하더니, 귀에 익은 목소리가 방 안쪽으로 울렸다.

"다미야! 여기 있니? 다미야!"

뜻밖에도 조 상궁의 목소리였다. 다미는 깜짝 놀라 몸을 움찔거렸고, 얼결에 몸을 일으켰다. 그러자마자, 조 상궁이 뛰어 들어왔다. 그러더니 다미와 빙허각을 번갈아 쳐다보고, 안절부절못했다. 촛불 때문인지는 몰라도 낯빛이 유난히 희었다. 주위의 사람들도 덩달아 바짝 긴장한 표정을 지었다.

조 상궁은 머뭇거리다가 빙허각 쪽으로 다가갔다. 그리고는 무어라 귀엣말을 했다. 그러자마자 빙허각도 몹시 놀란 표정을 지었다. 빙허각은 재빨리 다시 조 상궁에게 귀엣말을 했고, 빙허각이 다미에게 말했다.

"얼른 나서야겠다. 이러고 있을 때가 아니다."

"네?"

"집으로 가자. 가면서 이야기하마!"

조 상궁은 수심이 가득한 얼굴로 다가와 다미의 손을 잡았다.

손은 아주 차가웠고, 몹시 떨렸다. 그 떨림이 빠르게 다미에게 전해져 온몸에 퍼져 나갔다. 영문도 모른 채 심장이 빠르게 뛰었다. 순식간에 입안에 침이 마르고 발이 엉켰다. 왜냐고 묻고 싶었지만, 목소리가 나오지 않았다. 그저 알 수 없는 불길함만이 온몸을 휘감았다.

조 상궁은 청다에서 나오자마자 뛰다시피 걸었다. 거리는 아주 어둡지는 않았다. 등롱이 걸린 상점들이 종종 있었고, 달도 컸다. 곧 보름이었다. 그 덕분에 빨리 걷는 게 어렵지 않았다.

칠패시장 목전을 지날 때는 뛰었다. 그리고 서소문 네거리 앞을 지날 때, 사방이 어두워졌다. 그 바람에 다미는 돌을 밟고 휘청거렸다. 조 상궁이 얼른 허리를 잡아 준 덕분에 겨우 균형을 잡았다. 정신을 차리고 돌아보았을 때, 서소문 앞의 빈터는 다른 어느 때보다 검게 물들어 있었다. 왠지 오싹했다.

"마마님, 무슨 일이에요? 제가 거기에 있는 건 어찌 아셨고요?"

다미는 떨리는 목소리로 물었다. 숨이 차오르기 시작해서 목소리는 물결처럼 출렁댔다. 쉰 목소리가 나왔다.

"네가 일하는 주막집에 갔다가 뛰쳐나갔다길래 시장통을 찾아 헤맸다. 저 모퉁이 포목점 주인이 웬 처자가 청다로 들어가는 것 같다고 하더구나. 일단 가 보면 안다!"

조 상궁은 숨을 헐떡이며 대답했다. 그러다가 무슨 생각에서인지 걸음을 멈추고 덧붙여 말했다.

"절대로 놀라지 말고. 마음 단단히 먹어야 한다."

손을 더 꼭 잡고 말하는 조 상궁을 보면서 다미는 더 불길한 예감에 사로잡혔다.

시장을 벗어나자 길은 더욱 어두워졌다. 담을 맞대고 집들이 이어져 있었지만, 불빛이 바깥으로 잘 새어 나오지 않아서였다. 하지만 조 상궁은 걷는 속도를 늦추지 않았다.

그렇게 얼마를 걸었을까. 마침내 발걸음이 돌모루 근처의 삼거리쯤 이르렀을 때, 다미는 멈추어 섰다. 저편 앞쪽의 하늘 위로 불빛이 넘실거리는가 싶더니, 사람의 무리가 눈에 들어왔다. 조금 더 나아가자 타오르는 햇불 여럿이 보였고 사람들의 비명과 외침이 들려왔다. 그와 동시에 무리의 틈에서 뾰족한 창날이 햇불을 받아 저마다 반짝였다. 무언가 싶었는데 포졸 무리였다.

"마마님, 저, 저…."

나쁜 생각이, 창끝의 햇살처럼 가슴을 찔렀다. 다미는 구경꾼들을 헤치고 안으로 밀고 들어갔다. 사람들 안쪽에는 포졸들이 진을 치고 있었다. 그런데 포졸들 안쪽으로 보이는 풍경이 처참했다.

스물댓 명의 죄수가 맨발로 끌려가고 있었다. 굴비 두름처럼 오라로 손이 묶인 채였다. 저마다 얼굴은 상처투성이였고, 찢어진 흰 바지저고리 위로 피가 배어나 있었다. 몇은 그저 땅만 내려다보면서, 또 어떤 사람들은 가족을 찾는지 연신 두리번거리면서 포졸들을 따라 걷고 있었다.

둘러선 사람들은 혀를 찼고, 훌쩍거리는 사람들도 있었다. 손
가락질하면서 원망하는 사람도 있었다. 그때, 한 아낙네가 끌려
가는 사람들 무리로 뛰어들어 소리를 치며 울어 댔다. 그러자 포
졸들이 달려가 여인을 거칠게 떼어 냈다. 발로 걷어차기도 했다.
사람들은 또 탄성을 질러 댔다. 그런데 바로 그즈음, 붙잡혀 가는
행렬 끝에서 다미는 아버지를 발견했다.

헉!

설마 했는데, 아버지가 상투가 다 풀린 채 쩔뚝거리면서 앞사
람을 겨우 따라가고 있었다. 숨이 탁 막혔다.

"아버…."

다미는 모르게 소리를 내며 한걸음 나섰는데, 뒤쪽에서 누군
가 입을 막고 몸을 틀어쥐었다. 그 바람에 다미는 꼼짝도 못 하고
바둥거렸다. 곁눈질로 보니, 조 상궁이 다미를 끌어안듯 붙들고
있었다. 발버둥 쳐도 소용이 없었다.

"안 돼! 포졸들이 가족들까지 찾고 있어. 너도 위험해. 내 말이
무슨 말인지 알지?"

그리고 조 상궁은 다짐을 주는 듯 다미의 몸을 흔들었다. 하는
수 없이 다미는 고개를 끄덕였다. 그러고 나서도 조 상궁은 걱정
이 됐는지 한참 만에 다미의 입에서 손을 뗐다.

"도, 도대체 왜요? 말도 못 하는 아버지를 왜…."

"천주학 때문이다."

"그게 무슨 말이에요? 아버지가 천주학을 공부하셨다는 거예요? 야소교(예수교)를 믿으셨다고요? 그럴 리가요?"

어이없는 말에 다미는 자신도 모르게 이 말 저 말을 뱉어 냈다. 그러나 조 상궁은 더 힘주어 손만 끌어당길 뿐이었다.

"너희 아버지가 야소교 사람들이 보는 책을 보았더란다. 자세한 건 나중에 알아보자. 일단 네 집으로 가자. 간단히 짐을 싸서 어디로든 피해야 해."

순간, 얼마 전 윤 초시가 무슨 책을 가져왔다는 말을 들었던 기억이 다미의 뇌리를 스쳤다.

조 상궁은 다미의 손을 거칠게 끌어당겼다. 그 바람에 단번에 아버지가 눈앞에서 사라졌다. 그리고 병졸의 거친 고함과 거의 동시에 아버지의 것이 분명한 비명이 밤하늘을 찢었다.

마지막 인연

보따리랄 것도 없었다. 다미는 눈에 보이는 대로 치마저고리와 고쟁이 몇 가지를 둘둘 말아 보자기에 여미어 넣었다. 그리고 반닫이를 뒤적거려 엄마가 야반도주를 하던 그날 밤, 손에 쥐어 주었던 옥색 비녀를 찾았다. 캄캄해서 아무것도 보이지 않았지만, 그 정도는 손끝에 닿는 느낌만으로도 충분히 찾을 수 있었다.

그러는 동안에도 연신 눈물이 흘렀고, 손발이 덜덜 떨렸으며 숨을 쉬기 어려웠다. 옆에서 조 상궁이 말로 재촉했고, 손을 뻗어 다미의 어깨를 밀었다. 그러지 않았으면 다미는 아무것도 하지 못했을 거였다.

"자, 어서 나서자!"

다미는 일단 일어났다. 하지만 마루 아래로 채 내려서지 못하고, 안방으로 들어갔다.

"거긴 왜…."

조 상궁이 팔을 잡았지만, 다미는 뿌리쳤다. 이부자리와 서책이 널브러져 있었고, 반닫이는 넘어진 채 안에 들어있던 옷가지가 사방에 흩어져 있었다. 창밖에서 비추는 달빛만으로도 그 처참한 광경이 한눈에 들어왔다.

다미는 한동안 아버지가 누워 있던 아랫목을 묵묵히 바라보았다. 언뜻 아버지의 모습이 보이는 듯도 했다. 그 바람에 다미는 그 앞에 꿇어앉을 뻔했다. 다미는 후들거리는 다리를 붙잡고 엉거주춤 서 있었다.

안 되겠던지, 조 상궁이 다미의 팔을 끌어당겼다. 다미는 마지못해 뒷걸음질 쳐서 뒤로 물러 나왔다. 그리고 빠르게 마당에 내려섰다.

그런데 바로 그때, 사립문 쪽에서 기척이 들렸다. 다미는 소스라치게 놀랐고, 조 상궁 역시 다미를 옆으로 밀치며 몸을 도사렸다. 뜻밖에도 문 너머에는 순남 오라버니가 서 있었다.

"아버지… 갔어. 이렇게, 갔어. 사람들이 데려갔어."

순남 오라버니는 몸을 뒤틀어 보이며 말했다. 아버지가 오랏줄에 묶여 끌려갔다는 흉내를 내고 있는 것 같았다. 그걸 보는 순간, 온몸이 녹아내리는 기분이 들었다. 다미는 아무 말도 하지 못했다.

다미는 어금니를 꽉 깨물었다. 그리고 순남 오라버니를 지나쳐 걸었다. 그런데 문득 순남 오라버니가 다미의 팔을 붙잡았다. 다미는 그 손길을 마주 잡지도 뿌리치지도 못했다. 그저 선 채로 순남 오라버니의 얼굴만 빤히 쳐다볼 수밖에 없었다.

그런데 그때, 뒤편에서 누군가 바투 다가왔다.

"여기서 뭘 하는 게야? 아비가 다시는 이 집에 얼씬도 하지 말라고 하지 않았어!"

윤 초시였다. 소리를 높이며 순남 오라버니의 어깨를 붙잡아 끌었다. 그 바람에 다미의 팔을 잡고 있던 순남 오라버니가 손을 놓았다.

"흠…. 그래, 어디로 가는 것이냐?"

"…."

"어디로든 피하는 게 좋을 게야. 서학에 기웃거린 사람들도 역모처럼 연좌하여 사돈에 팔촌까지 잡아들인다더구나."

아무 말도 나오지 않았다. 다미는 그저 듣고만 있었고, 윤 초시는 할 말을 다 했다는 듯 몸을 돌렸다. 그 순간, 다미의 머릿속에서 아버지의 비명이 울렸다.

다미는 자신도 모르게 윤 초시에게 달려가 무릎을 꿇었다.

"어르신, 아버지를 살려 주세요. 제발요! 그럼 뭐든지 다 할게요! 순남 오라버니랑 혼인할게요."

다미는 그 말이 자신의 입에서 나온 말이라고 믿고 싶지 않았다. 하지만 머릿속에서는 아버지의 비명이 연신 울렸고, 그 때문인지는 몰라도 고통에 몸부림치는 아버지의 얼굴만 떠올랐다.

그런데 윤 초시는 다미를 야멸치게 밀어냈다.

"왜 이러느냐? 남들이 볼까 무섭구나."

"어르신! 어찌 이러십니까? 제발 아비를 살려 주세요!"

"허허! 내가 무슨 힘이 있다고!"

"어르신!"

다미는 애원했지만, 윤 초시는 결국 돌아섰다. 그러면서 한마디더 했다.

"어딜 가더라도 행여나 내가 도왔단 말은 하지 말고…. 아니, 누가 묻거든, 난 네 집에 드나든 적이 없는 것이야. 알았지? 내가 천주학 책을 구해 주었다는 말은 더더욱 해선 안 돼!"

다짐을 주듯 말하고 윤 초시는 몸을 돌렸다. 순남 오라버니는 그 자리에 남으려 버텼지만, 윤 초시의 억센 손에 이끌려 갔다. 그러면서 뒤를 돌아 다미를 한없이 바라보았다.

이번에는 조 상궁이 다미의 팔을 끌어당겼다. 다미는 얼결에 걸음을 떼었다. 아니, 그저 이끌려갔다. 다리가 후들거려서 어느 쪽을 향해 어떻게 발을 내딛는지도 몰랐다. 다미는 조 상궁에게 한쪽 팔을 내맡겼고, 그 팔을 붙잡고 앞으로 나아가는 조 상궁의 꽁무니만 쫓을 뿐이었다. 조 상궁은 마치 달빛이 따라와 달아나기라도 하는 듯 서둘렀고, 그 바람에 다미는 서너 번이나 발을 헛디뎠다. 그때마다 넘어졌고, 무릎이 까졌다. 그러나 더듬어 살필

틈이 없었다. 달빛은 다미의 등 뒤를 바짝 쫓아왔다.

  헐떡이던 숨을 가라앉히고 나자 차밭이 보였다. 조 상궁을 따
라 쉬지 않고 걷기만 했지, 설마 둔지미로 오리라곤 생각지 못했
다. 그뿐만 아니라 서늘한 바람이 불어와 땀이 마르는데도 그 바
람이 저 아래에서 불어오는 강바람일지 모른다는 추측도 하지
않았다. 그저 걷고 걸었을 뿐이고, 멈추라고 해서 멈춘 것뿐이었
다. 그제야 깊게 숨을 들이쉬었고, 그러자마자 짙은 차향이 콧속
으로 스며들었다. 그러자 온갖 생각과 기억이 소용돌이치던 머리
가 잠시나마 차분해졌다. 다미는 두리번거렸다.
  "여기는 어찌…?"
  다미는 굽이진 차밭 이랑을 훑어보면서 물었다. 그 아래, 달빛
에 물든 강줄기도 보였다. 당장 어찌 될지도 모르는데, 눈앞의 풍
경이 이리도 아름다울 일인가, 싶었다. 다미는 대답 없이 이랑을
따라 걷는 조 상궁의 뒤를 찬찬히 쫓아갔다.
  조 상궁은 차밭 언덕 위쪽의 농막 앞에서 걸음을 멈추었다. 그
러고 보니, 농막 안에서 희미한 불빛이 새어 나오고 있었다. 다미
는 조 상궁을 따라 안으로 들어갔다. 뜻밖에도 농막 안에서 빙허
각이 기다리고 있었다.
  생각보다 꽤 널따란 농막의 문 앞에서 오른편으로 에둘러 호미
와 곡괭이를 비롯한 농기구는 물론 도롱이와 물지게까지 두서없

이 놓여 있었다. 그리고 왼편, 낮은 창 아래 넓게 깔아 놓은 멍석 한쪽에 빙허각이 서안을 앞에 두고 앉아 있었다. 빙허각은 흔들리는 호롱불 아래에서 무언가를 쓰는 중이었는데, 조 상궁이 다가가도 별다른 움직임을 보이지 않았다.

빙허각이 고개를 든 것은 그로부터 꽤 시간이 지난 뒤였다.

"오면서 조 상궁에게 들었겠지만 네 아비가 서학을 공부했기 때문이라는구나. 더 자세한 것은….'

"아버지가 그런 걸 공부했을 리 없습니다. 도대체 그게 뭔데요?"

자신도 모르게 말이 거칠게 튀어나왔다. 제풀에 놀란 다미가 입술을 깨물었다. 그러나 빙허각은 개의치 않았다.

"네가 서학이 뭔지 몰라서 묻는 건 아닐 텐데?"

빙허각은 도리어 나무라듯 대꾸했다. 물론 모르지 않았다. 서학을 하다가 붙잡혀 가서 칠패시장 너른 마당에서 목이 잘린 사람이 한둘이 아니었다. 지체 높은 양반부터 하찮은 종놈에 이르기까지 쉬쉬하는 것이 서학이었다. 그래서 시장 사람들은 물론 지나는 강아지도 서학에는 눈길조차 주지 않는다고 했다. 역모보다 더 엄하게 다스린다고 했으니 그럴 만했다. 그런데 어찌 아버지가 두 번 역모를 저지를까, 싶었다.

다미는 대꾸하지 못하고 잠시 기다렸다. 그런데 빙허각은 뜻밖의 말을 했다.

"네 어미도 살기 위해서 그랬을 것이고, 네 아비도 살기 위해서 그랬을 것이다."

그 말에 정신이 멍해졌다.

엄마도 비슷한 말을 했다. 신미년에 평안도에서 일어났던 난리를 두고 엄마는 역모가 아니라고 했다. 왜 백성들에게 차별을 두냐며, 그건 임금이라도 그래서는 안 된다고 말했다. 아버지는 조선이 임금의 나라인데 왕이 무엇을 하건, 그에 거스르면 그것이 다 역모라고 했다. 그래도 엄마는 대거리를 해 댔다. 반상의 법도를 어기겠다는 것도 아니고, 나라를 팔아먹으려는 짓도 아니며 단지 함경도 사람들만 구태여 차별하지 말아 달라고 그러는 것 아니냐고. 사람이 좀 사람답게 살도록 해 달라고. 그리고 엄마는 외삼촌이 과거에 급제하고도 벼슬을 얻지 못했다는 말도 했다.

그래서 엄마는 난리의 잔당들이 꾸미는 일에 뛰어들었다. 고작 역도들의 쪽지를 평양으로 전해 주는 일이었지만, 그것이라도 해야겠다며. 다미가 채 열두 살 때의 일이었고, 그런 엄마를 걱정한 나머지 대신 쪽지를 전해 주다가 아버지는 역도의 무리가 되어 버린 거였다. 그게 모두 살기 위해서였다고? 백번 양보해서 그건 그렇다 쳐도, 그럼 야소교는? 다미는 주먹을 꼭 쥐고 물었다.

"천주학쟁이가 된 것도 살기 위해서였다고 말씀하시는 것입니까?"

"서학 책을 읽어 본 적이 있느냐?"

"…."

"나도 따로 공들여 읽어 보지는 않았다. 다만 야소를 따르는 사람들은, 양반 상놈 구별 없이 똑같은 대접을 받는 세상이 올 거라고 믿는다지? 반상의 법도가 엄연한데도 말이야."

"그, 그래서 야소교를 믿는 무리를 역도라 하는 것이로군요. 그런 세상은 없습니다."

다미는 자신도 모르게 더듬거리며 대꾸했다.

"네가 그걸 어찌 단언하느냐? 눈에 보이지 않는다고 없는 것은 아니질 않느냐?"

"무슨 말씀이십니까?"

"저들은 자신의 간절함을 믿는 것이다. 모르겠느냐? 너희 어미 아비도 그랬을 것이다."

"…!"

무슨 말인지 알 것 같기도 했고, 또 모를 것 같기도 했다. 머리로는 이해가 되는데 가슴에 와닿지 않는달까. 그래서 다미는 자신도 모르게 인상을 찌푸렸다.

무슨 말을 꺼내야 할지 몰라 다미는 잠시 머뭇거렸다. 그러다가 스치는 생각이 있어서 물었다.

"그럼, 마님께서도 그 어떤 간절함 때문에 그 책을 쓰신 건가요?"

"《규합총서》 말이냐? 물론이다. 이 세상에 우리 아낙네들도 있다고 말하고 싶었다. 그래서 아낙네들이 할 수 있는 모든 것을 담았다. 네가 다 보았다면… 어떻더냐? 세상일의 절반이 아낙네들의 것 아니더냐? 한 권의 책에 모두 담을 수 없을 만큼 어마어마하지 않더냐? 감히 누가 아낙의 일이 적고 하찮다고 할 것이냐? 쓰고 또 써도 더 써야 할 것이 남았는데?"

"여인들은 여인들로서의 삶이 있다, 이런 외침 같은 것인가요?"

"이를테면 그렇지. 그렇게 말할 수 있는 여인이 이 책도 올바로 사용할 수 있을 것이라 믿고 있다."

"…"

"너도 그중 하나였으면 한다. 그래서 너를 예까지 데려왔다. 너는 혹시 내가 왜 너를 돕겠다고 나섰는지 궁금하지는 않았느냐?"

그러고 보니 궁금했다. 스스로 말했듯 서학을 공부한 자는 역도이고, 그 딸을 예까지 데려왔으니, 빙허각도 위험을 무릅쓰는 것이나 다름없을 텐데. 하지만 다미는 고개가 끄덕여지지 않았다. 도움을 준 것이 고맙지 않아서라 아니라, 방금까지 빙허각이 한 말이 아직도 분명하게 이해되지 않아서였다.

"여인도 여인으로서의 삶이 있다는 걸 네가 보여 줄 수 있겠느냐?"

"제가 무엇을…?"

"그래. 나도 무엇을 어찌해야 좋을지 지금은 알 수 없구나. 어쨌든 이곳에 있는 것은 위험하니, 잠시만 떠나 있거라. 자세한 건 조 상궁이 알려 줄 게야."

그제야 조 상궁이 눈에 들어왔다. 다미는, 긴장한 듯 입술을 깨물고 있는 조 상궁을 힐끗 쳐다보았다. 말은 하지 않았고, 조 상궁은 아주 희미하게 고개만 한 번 끄덕였다.

빙허각은 일어나 다미의 손을 잡았다. 조금은 찼고, 떨림이 느껴졌다. 왜인지 알 수 없었으나, 긴장하고 있는 듯했다. 나 때문일까, 홀로 묻고, 그 답을 선뜻 내놓을 수 없어서, 그렇다면 왜일까, 또 묻고, 그러느라 얼굴을 마주 보지 못했다. 그 사이 빙허각은 손을 놓고 어깨를 두어 번 두드린 다음 말했다.

"자, 이걸 갖고 있다가 파주댁을 만나거든 주거라. 파주댁이 누구인지는 조 상궁이 알려 줄 거야. 그리고 이건, 나루터 천 씨에게 전해 주고."

빙허각은, 다미에게는 서찰 한 통을, 조 상궁에게는 무명천으로 만든 작은 주머니 하나를 건넸다. 그 속에서 짤그락 소리가 났다. 그 안에 엽전이 들었다면 꽤나 많은 돈일 것 같았다.

그런데 빙허각은 무언가 못 미더웠는지 삐걱거리는 농막의 문을 붙잡은 채 고개를 반쯤 돌리고 말했다.

"내가 왜 너를 돕는지 구태여 궁금해하지 말거라. 어쩌면 우리의 인연도 여기까지일 테니까. 내 의지가 아니라 세상이 그러라 한다. 무슨 말인지 알겠지? 이제부터는 네 손끝을, 네 입맛과 네가 진심을 다해서 할 수 있는 것들을 믿어라. 그러면 남들이 하지

못한 것들도 할 수 있을 게야. 그리고 그게 너를 살게 해 줄 것이
다."

그리고 빙허각은 농막을 나갔다. 바람 때문에 문이 닫히는 소
리가 컸다. 쾅, 하는 소리와 함께 다미는 한쪽 무릎을 꺾을 뻔했
다. 자신도 모르게 헉, 하는 소리가 새어 나왔다. 그런 다미의 어
깨를 조 상궁이 가볍게 두드렸다. 다미는 겨우 숨을 몰아쉬고 몸
을 돌렸다.

"오늘은 여기서 잠을 청하거라. 새벽에 데리러 오마. 네 아버지
의 일은… 네가 없는 동안 잘 살펴보마."

다미는 아직도 숨이 가빠서 무어라 대꾸하지 못했다. 조금 더
시간이 필요했다. 여러 차례 숨을 몰아쉰 다음, 다미가 물었다.

"마, 마님께서는 왜 저를 도우신 걸까요?"

"너를 도우시는 게 아니다. 네 재주를 아끼시는 것이다."

"네?"

"해가 뜨기 전에는 올 테니 충분히 자 두어야 해. 알았지? 자세
한 이야기는 내일 마저 하자."

다미가 짧게 되물었지만, 조 상궁은 그 물음에는 대답하지 않
고, 굳은 표정으로 말하더니 밖으로 나갔다.

다미는 한동안 그 자리에 멍하니 서 있었다. 그리고 잠깐의 시
간이 지났을 때, 문득 '나는 왜 여기에 와 있는 걸까?'라는 생각
이 들었고, 그러자마자 초저녁부터 조금 전까지 일어났던 모든

일이 빠짐없이 되살아났다. 눈앞이 캄캄해졌고 직전까지 버티던 다리가 금방이라도 꺾일 듯 후들거렸다. 다미는 버티지 못하고 스러지듯 주저앉았다.

"아버지!"

다미는 흐느끼며 고개를 숙였다. 결국 손으로 입을 틀어막고 울음을 터트렸다. 소리를 내지 못하고 한없이 울음만 쏟았다.

손이 축축해지고 멍석 바닥이 젖을 만큼 울고 나자 허기가 졌다. 온몸에 힘이 쭉 빠지는 느낌이었다. 다미는 모로 누워 몸을 웅크렸다. 자꾸만 눈앞이 아릿거렸다.

잠 대신 기억이, 반복적으로 되살아났다. 그 기억은 머리에서 시작하여 온몸을 돌아다니며 심장을 베었고, 옆구리를 찔렀고, 발끝을 아리게 했다. 다미는 고통스러워서 이리저리 몸을 뒤척였다. 마침 머리맡에 놓여 있던 누더기 홑이불을 끌어안고 몸부림쳤다. 그러는 동안 까무룩 잠이 들기도 했다.

하지만 설핏 든 잠에서조차 편치 못했다. 기억이 잠시 물러난 사이, 순남 오라버니와 혼인하는 꿈을 꾸었고, 그래서 뒤척였더니, 이번에는 엄마와 아버지가 칠패시장 너른 마당에서 참수당하는 꿈을 꾸었다. 몸서리치며 깨어났을 때는, 농막 창 너머에 희뿌연 여명이 도사리고 있었다.

결국 깨어 있는 것도 잠이 드는 것도 두렵기만 했다.

다미는 몸을 일으켰다. 멍석말이라도 당한 것처럼 온몸이 부서

질 듯 아팠다. 그래도 겨우 힘을 내 몇 걸음 걸었다. 농막의 문을 열고 나서자 뿌연 안개가 무리 지어 차밭을 나다니고 있었다. 다미는 안개를 따라, 바람에 밀려 차밭을 저춤거리며 겨우 걸었다.

다미는 스스로가 바람이고, 안개라 생각했다. 바람에 쓸리고, 안개에 묻혀서 차밭 이랑을 이리저리 걸어 다녔다. 그게 약이었을까, 아니면 독이었을까. 머릿속에서 들끓던 온갖 생각들이 하나둘씩 스러졌다. 그 덕분인지 걸음이 가벼워졌다. 자신도 모르게 비탈 아래로 향하는 걸음은 경쾌하기까지 했다. 그러다가 어느새 발끝이 절벽 끝에 다다랐다. 발아래로 흐르는 강은 안개에 덮여 그지없이 평온해 보였다.

어느 때 즈음, 목소리가 들렸다.

"다미야!"

엄마의 목소리였고, 아버지 목소리 같기도 했다. 다미는 그편으로 한 걸음 내디뎠다. 목소리가 조금 더 가까워졌고, 그러자 안개 저편에 언뜻 엄마의 모습이 보이는 듯도 했다.

한 걸음 더 내딛자, 발아래 흙이, 돌무더기가 까마득한 절벽 아래로 떨어져 내렸다. 다미는 한 걸음 더 나아갔다.

바로 그때였다.

"안 돼!"

누군가 절박하게 다미의 팔을 붙잡고 끌어당겼다.

헉!

다미가 놀라 뒤를 돌아보았다. 조 상궁이었다. 잔뜩 놀란 표정으로 조 상궁은 다미의 뺨을 때렸다. 그리고 소리쳤다.

"정신 차리거라! 도대체 무슨 짓을 하려는 거야?"

"…?"

도리어 이해가 안 되는 쪽은 다미였다. 왜 자신이 여기에 서 있는지, 무얼 하고 있었던 것인지 알 길이 없었다. 분명히 얼핏 잠든 틈에 엄마의 목소리를 들은 듯한데, 언제 바깥으로 나온 것일까. 얼마나 돌아다녔길래 치마저고리가 온통 축축해진 걸까. 다미는 그런 자신의 모습을 내려다보고 깜짝 놀랐다.

그런 중에도 조 상궁은 다미의 팔을 붙잡아 끌었다. 절벽 끝에서 스무 걸음은 멀어진 뒤에야 팔을 놓고 말했다.

"다미야, 이제 정신이 드는 게야?"

"마마님…."

아직 상황이 온전히 정리되지는 않았다.

"너까지 잃으면 내가 무슨 낯으로 저승에 가서 네 엄마를 본단 말이냐, 응? 이럴 때일수록 정신을 차려야지!"

"저는 그저…."

"안 되겠구나. 어서 가자! 여기서 이러고 있을 일이 아니야."

그러더니 조 상궁은 다시 다미의 팔을 붙잡아 이끌었다. 한달음에 농막으로 돌아가 보따리를 챙겼고, 되돌아 나올 때도 다미의 손목을 놓지 않았다. 조 상궁은 잠시 쉴 틈도 주지 않고 잰걸음을 놀렸다. 농막의 오른편으로 돌아 차밭 가장자리로 걸어 내려갔다. 곧 가파른 돌길이 나왔지만 주저하지 않았다. 그 바람에 두 번 넘어졌지만, 조 상궁은 아랑곳하지 않고 다미를 끌어당겼다.

정신이 온전히 돌아온 것은 그즈음이었다. 두어 번 넘어지고 일어났을 때, 길이 평평해졌고, 강이 보이는가 싶더니 눈앞에 황포 돛배가 나타났다. 그 옆으로, 그리고 뒤편으로 크고 작은 배 몇 척이 강물 위에서 일렁이고 있었다. 조 상궁은 멈춤 없이 황포 돛배 앞으로 나아갔고, 마치 기다리고 있었다는 듯, 초립을 쓴 사내가 마중을 나왔다. 이마에 칼자국이 났고, 눈썹이 짙었다.

그제야 조 상궁은 잠시 다미의 손목을 놓고, 사내에게 다가가더니 무언가 이야기를 나누었다. 뒤미처 보따리에서 어제 빙허각에게 받은 쌈지를 내밀었다. 그런 다음 다미에게 손짓을 했고, 다미는 얼른 조 상궁을 따라 배에 올랐다.

다미가 배에 오르자마자 사내는 포구에 묶었던 밧줄을 풀고 돛을 펼쳤다. 그러자마자 돛배는 강 한가운데를 향해 쭉 미끄러졌다. 다미는 비로소 사내가 사공이라는 것을 짐작했다.

"어디 보자! 어쩐 일로 새벽부터 하늬바람(서풍)이로구나. 좋은 일이 생기려나?"

사공이 돛대 받침 아래에 널려 있는 앙그미줄*을 끌어당겨 돛대에 단단히 매더니 한마디 했다. 뒤미처 맨손을 탁탁 털더니 선

---

* 돛대를 감싸는 줄.

미로 가서 "좋구나!"하더니 되돌아왔다. 사공의 말대로 이촌 나루를 출발한 황포 돛배는 빠르게 강을 거슬러 올라가기 시작했다.

두물머리의 수상한 밤

두물머리는 종일 분주했다. 포구에는 큰 배와 작은 배가 차례로 들고 났으며, 그때마다 장사꾼과 배꾼이 타고 내렸다. 선착장에서 멀지 않은 주막거리에는 종일 그들의 발길이 끊이지 않았다. 조 상궁을 따라 들어간 파주댁의 주막은 거리 끝에 있었는데도 다른 주막보다 더 붐비는 듯했다. 이렇게 많은 사람이 포구에서 가까운 곳을 마다하고 구태여 살짝 언덕진 곳까지 걸어오는 이유를 알 수 없었다.

해가 머리 꼭대기에 떠 있을 즈음 파주댁의 주막에 다다른 다미는, 사람들에게 치여 단 한 번도 앉을 새 없이 종종걸음으로 뛰어다녀야 했다. 파주댁은 다미가 내민 빙허각의 서찰을 읽는 둥 마는 둥 하더니, "알겠으니, 어서 일부터 하거라. 수향아, 뭐 하고 있어?" 했다. 그러자 다미보다 두어 살은 더 많아 보이는 통통한 몸집의 처녀가 좁쌀눈을 찡긋하더니 다미의 소매를 끌어당겼다. 그 바람에 다미는 숨 돌릴 틈도 없이 부엌에서 불을 때고, 밥을 안치고, 수육을 삶고, 썰고, 파와 채소를 다듬고, 뒷마당 우물가에서 산더미처럼 쌓인 그릇을 닦았다.

그러다 뜬금없이 불려가 국밥을 날랐고, 다시 설거지를 했다. 그때마다 수향이 너부데데한 얼굴을 들이대며 온갖 잔소리를 해댔다. 이건 이렇게 하라는 둥, 저건 저렇게 하라는 둥. 그래도 해 본 일이라고 해 질 무렵까지는 버틸 만했지만, 그런 뒤에도 그치지 않는 일에, 다미는 입안에서 단내가 났다. 언제 조 상궁이 떠났는지도 눈치채지 못할 만큼 옴나위없었다.

다미는 마지막으로 든 손님들까지 주막 마당에서 사라진 뒤에야 문 앞쪽 평상 끝에 털썩 주저앉았다.

겨우 고개를 들어 보니, 맨 먼저 어둠에 단단히 제 모습을 감추고 있는 먼 산의 까만 그림자가 눈에 들어왔고, 뒤미처 산봉우리 옆쪽으로 보름달이 슬며시 고개를 내밀었다. 강물이 그 달빛을 받아 반짝거렸다. 다미는 한참 동안 넋을 놓고 그 낯선 풍경을 바라보았다.

그러다가 어느 순간, 이역감異域感 때문에 다미는 당혹스러웠고, 그 바람에 벌떡 일어났다. 두리번거리다가 사립문 쪽으로 나아갔다. 언덕 아래쪽으로 간간이 불 켜진 집들이 보였고, 뒷산 어디선가 부엉이 우는 소리가 들렸다. 다미는 몸을 움츠렸고, 저도 모르게 어깨를 파르르 떨었다. 선선한 바람이 불어서도 아니었고, 밤 이슬이 발등에 내려서도 아니었다.

'여기는 어딜까? 내가 왜 여기에 와있는 걸까?'

갑작스레, 그리고 대책 없이 그런 생각이 머릿속에 들어찼다. 다미는 갑자기 길을 잃은 사람처럼 주막집 마당을 서성거렸다. 안 절부절못하며 앉지도 서지도 못했다.

그때, 주막집 안채의 문이 열리면서 파주댁이 나왔다.

"입에서 단내가 나더냐? 하늘이 노랗고? 이제야 내가 여기 왜 와 있나 싶고?"

다미는 속마음을 들켜 버린 기분에 차마 파주댁을 마주 볼 수 조차 없었다. 그러자 파주댁이 한마디 더했다.

"그렇지 않으면 어찌 견디겠누? 맨정신으론 잠도 못 잘 텐데, 그 저 부지런히 몸을 놀려야 견딜 것이야. 그래야 시간도 지나고, 그 렇게 차곡차곡 쌓인 시간이 널 살도록 할 게다."

"…"

다미는 그 말에 긴 숨을 내쉬었다. 숨 쉴 틈도 없이 파주댁이 자신을 족대긴 이유가 그것이었나 싶었다. 조 상궁이 무어라고 언 질을 준 모양이었다. 하긴 종일 일에 휘둘리다 보니 지난 새벽 내 내 고통스러웠던 생각들이 머릿속에 얼굴을 디밀 틈이 없었던 건 사실이었다.

파주댁이 이어서 말했다.

"오래 앉아 있지 말고 들어가 자거라. 참, 잠은 뒷마당 옆에 별채에서 자면 된다. 수향이더러 낼 새벽에 가마솥에 물부터 끓이라 이르고."

파주댁은 다미에게 말하고는 돌아서 부엌으로 향했다. 다미는 말 잘 듣는 어린아이처럼 파주댁의 뒤를 따르다가 안채를 돌아 뒤채로 향했다.

뒤채는 숫간으로 쓰는 모양이었다. 어둑한데도 허름한 티가 났다. 다미는 삐걱거리는 문을 열고 안으로 들어갔다. 곰팡내가 코를 찔렀다.

"파주댁이 또 나 찾지 않아? 아무튼 나만 없으면 들들 볶아!"

수향은 다미가 들어가자마자 투덜거리듯 말했다. 방 한쪽에서 경대를 꺼내 놓고 빗질을 하고 있었다. 몸단장 중인 듯했다. 마치 오래 본 사람을 대하는 말투여서, 다미는 오히려 그게 더 낯설었다. 그래서 딱히 대꾸를 하지 못했다.

다미는 한쪽에 주저앉아 사방을 둘러보았다. 둘이 지내기엔 길고 널찍했지만, 방이라기보다는 허름한 창고나 다름없었다. 흙벽 곳곳은 가시새*가 그대로 드러나 보였고, 문을 여닫을 때마다 흙이 후드득 떨어졌다. 방 한쪽에 손때가 잔뜩 묻은 반닫이와 그 위에 이불 몇 채가 얹혀 있었고, 방 안쪽으로는 칸이 여러 개로 나누어진 키 높은 선반들이 안쪽 벽까지 줄줄이 놓여 있었는데, 그

---

* 벽 속에 가로로 대는 나무.

위에는 쓰지 않는 그릇과 소쿠리는 물론 맷돌이며 온갖 잡동사니들이 쌓여 있었다. 퀴퀴한 냄새가 코를 찔렀고, 호롱불이 닿지를 않아서인지 구지레하게 보였다.

"파주댁이 나를 찾거든 어디 있는지 모른다고 해. 알았지?"

문득 수향이 다미를 돌아보며 그렇게 말하고는 일어섰다. 그러더니 엉덩이를 씰룩거리면서 방을 나갔다.

다미는 막 닫힌 문을 잠깐 쳐다보다가 벽에 등을 기대고 앉았다. 비로소 긴장이 조금 풀어졌다. 조금 정신이 돌아왔고, 비로소 어제부터 지금까지의 일이 주마등처럼 스쳐 지나갔다. 청국촌 찻집에서부터 아버지가 끌려가던 모습은 물론, 차밭 농막에서 밤새우며 하염없이 눈물을 흘렸던 기억과 자신도 모르게 벼랑 끝에 서 있던 일까지. 그리고 돛배를 타고 강을 거슬러 올라온 일까지… 생각 끝에 엄마의 얼굴이 떠올랐고, 그래서 속으로 물었다.

'이제 난 어떻게 해야 하죠?'

답은 없었다. 그건 누구보다 자신이 잘 알고 있었다. 그런데 문득 두물머리로 오던 배 안에서 조 상궁이 했던 말이 떠올랐다. 똑같은 질문을 했을 때 조 상궁은 엉뚱하게도 이렇게 답했다.

"네 어미와 아비를 원망하지 말거라. 두 분은 요새 사람 같지 않았단다. 드물게 깨친 사람이었지. 그래서 홍경래 장군을 따랐던 것이고, 그것으로도 안 되니까 야소교를 믿은 것 아니겠느냐?"

하지만 아직도 다미는 그 말의 뜻을 온전히 알아듣지 못했다. 그래서 자신도 모르게 고개를 저었다.

그때, 조 상궁은 그런 다미를 어떻게 생각했는지 덧붙여 말했다. "그러나 너는 궁녀가 되고 싶댔지? 그저 천한 백성으로 사는 것보다 차라리 궁녀가 되어 보란 듯이 세상을 비웃어 주고 싶었던 것은 아니냐?"

그 말에 다미는 조 상궁을 쳐다보았다. 이상하게 그 물음에 대답을 하지 못했다. 어쩌면 그 말은, '이제 더는 너를 지켜 줄 사람이 없어서 피하고자 했던 것이 아니냐?'라고 묻는 것 같아서였다.

결국 다미는 배가 두물머리에 닿을 때까지 별다른 말을 하지 못했다. 배에서 내릴 때쯤, "버티어 견뎌 내거라. 머지않아 다시 데리러 오마. 일단 너부터 살아. 무슨 수를 쓰더라도…"라는 말을 끝으로, 조 상궁도 더는 별다른 말을 하지 않았다.

답답했다. 이른 새벽, 안개 너머에 절벽이 있는 것조차 모르고 그 가장자리에 위태롭게 서 있는 느낌이 들었다.

다미는 더 이상 잡다한 생각들과 몸의 피로를 이기지 못했다. 벽에 기댄 채로 몸을 옆으로 뉘었다. 웅크린 채로 눈을 감았다.

다음 날도, 그다음 날도 똑같은 날이 반복되었다. 새벽에 일어나 가마솥에 불을 때고 국을 끓이고, 채소를 다듬고 국밥을 나르고 설거지를 했다. 수육을 썰다 손가락을 베이고, 전을 부치다가

데었다. 며칠이 지나자 손가락에 대충 감은 천 쪼가리가 세 개나 되었다. 상처 난 곳이 물러 터지고 고름이 나다가 보름이 지나고 나서야 겨우 아물었다.

손님이 넘칠 때는 부엌과 마당을 오가며 국밥을 날랐고, 그러다 사람들에게 치이고, 국밥이 늦게 나온다며 욕을 얻어먹기도 했다. 대놓고 희롱하는 남자들까지 있었다. 종일 시끄러운 소리를 들으니 귀가 먹먹했고, 그 바람에 늦은 밤까지 귓가에서 사람들의 목소리가 웅웅거렸다. 몸에는 온갖 음식 냄새가 배었고, 아무리 씻어도 냄새는 지워지지 않았다. 그 덕분인지는 몰라도 짬짬이 먹는 한 끼가 달았고, 뒤채에 들어서기만 하면 곯아떨어졌다.

한 달을 산 것인지, 하루가 끝나지 않고 계속되는 것인지 알 수 없었다. 해가 뜨고 지는 것이 이처럼 큰 의미가 없게 느껴지기는 처음이었다. 하루가 끝난 듯하면 다시 시작되곤 했으니까.

뼈마디가 쑤시고 어깨와 허리가 욱신거리던 것도 달포가 지나면서부터 익숙해졌다. 하루가 끝날 무렵, 뒤채로 돌아와 잠깐이나마 생각이란 것을 하고, 이런저런 기억을 떠올릴 여유가 생긴 것도 그즈음부터였다.

다행스럽게도 한 달 전의 기억들이 그때보다 벅차지 않았다. 자꾸 주먹을 쥐고, 어금니를 물곤 했지만, 숨을 쉬지 못할 정도로 가슴이 뛰지는 않았다. 부지런히 몸을 놀려야 살 것이라던 파주댁의 말이 이해가 되었다.

"어때? 내 얼굴 좀 반지르르해진 것 같지 않아?"

막 뒤채에 들어섰을 때, 수향은 예의 그렇듯 몸단장을 하고 있었다. 다미는 무어라 대꾸할 말이 없어서 건성으로 고개만 끄덕였다. 그러자 수향이 재촉하듯 한 마디 더했다.

"잘 좀 봐. 복숭아 물에 씻었단 말야. 알지? 복숭아꽃 잎을 따서 식초에 담가 두었다가 씻으면 피부가 얼마나 좋아지는지?"

수향은 수선스러웠다. 다미가 보기에는 얼굴에 살이 오른 것 외엔 딱히 달라 보이지 않았지만, 그저 웃어 주었다. 사나흘이 멀다 하고 밤마다 어딜 다니는지 알 수 없으나, 밤마실을 나갈 때마다 유난을 떨었다. 한번은 파주댁 눈에 띄어 등짝을 맞았지만 그래도 수향의 밤마실은 멈추지 않았다. "이년아, 처녀가 밤마실 맛들이다가 몸이라도 망치면 어쩌려고 그래?"라고 했던가. 그래도 수향은 "여자 팔자 어차피 뒤웅박 팔자인데, 몸을 망칠지 팔자가 펼지 그걸 이모가 어찌 알아요?" 하더니, 후다닥 달아나 버렸다. 그 뒤에 대고 파주댁은, "이년아, 밤이슬 맞으며, 이놈저놈 만나고 다니는 년치고 팔자 폈다는 년 못 봤다!"라며 소리를 높였다.

수향은 경대 앞에서 한참이나 이리저리 얼굴을 돌려 보고 웃다가 찡그렸다가, 하더니 곧 밖으로 나가 버렸다.

다미는 혼자 남아서 공연히 두리번거렸다. 그런데 하필이면 그때, 방 안쪽에 짐짝처럼 늘어선 선반이 눈에 띄었다. 다미는 문득 매일 이 방에서 자면서도 한 번도 그 안쪽에 무엇이 있는지 들여

다보지 않았다는 사실을 깨달았다.

어차피 누워도 잠은 올 것 같지 않아서, 다미는 호롱불을 들고 일어났다. 한눈에 보아도 선반 안쪽은 귀살스럽기 짝이 없었다. 제일 앞쪽 선반에는 그릇과 수저와 소쿠리, 오래된 듯한 다기들이 아무렇게나 쌓여 있었고, 그다음 선반에도 오래된 작은 옹기와 소반이며, 이가 빠진 화병도 여러 개 늘어서 있었다. 구석에는 쌀가마니도 보였다. 안으로 들어갈수록 눅눅한 냄새가 코를 찔렀다. 바닥 곳곳에는 쥐똥이 흩어져 있어서 절로 이마를 찡그렸다.

그만 돌아 나갈까, 싶어서 뒤를 돌아서는데 선반 안쪽에 여인을 그려 놓은 족자와 책 꾸러미가 눈에 띄었다. 다미는 문득 멈추어 책 쪽으로 손을 뻗었다.

호롱불을 선반에 올려놓고 책을 하나씩 꺼내 보았다.《논어》와 《맹자》도 있었고, 뜻밖에도《규합총서》한 권도 그 사이에 끼어 있었다. 다미는 안을 들여다보았다. 필사한 책이 분명했는데, 서체가 반듯했다. 언문을 꽤 써 본 사람이란 생각이 들었다. 게다가 하필이면 펼친 부분이 다미가 필사한 내용 중의 한 부분이기도 했다.

녹말다식은 녹두 녹말을 진한 오미자 국과 연지와 굴을 섞어 반죽하여 다식판에 박아 낸다. 진한 오미자국에 연지를 씻고 녹말을 고루 묻혀 섞은 다음, 신맛을 있게 하되…. … 밥풀 산자는 찹쌀가루를 잘 반죽한 다음, 조각으로 만들어 말렸다가 기름에 튀긴 후 기름을 바른다. 그리고 연근정과는 연한 연근을 깨끗하게 긁어 적당한 굵기로 썬 다음 꿀물에 데치는데….

다른 부분은 보이지 않았다. 정과류와 떡에 관한 내용만 따로 모아 놓은 듯했다. 다미는 옆에 나란히 세워져 있는 또 다른 책을 꺼내 들었다.

《화한삼재도회》*. 제목이 낯설었다. 혹시나 해서 열어 보았는데, 뜻밖에도 한자만 가득했고, 심지어 왜어(일본어)가 섞여 있었다. 아버지가 가끔 보여 준 책에 왜어가 섞여 있던 기억이 났다. 읽기가 쉽지는 않았다. 어려운 한자도 많은 탓이었다.

다만 군데군데 그림까지 섞여 있어서 흥미가 생겼다. 다미는 읽을 수 있는 부분만 더듬거리며 짚어 보았다.

탕화(별사탕)는, 포도아(포르투갈)의 선교사가 전한 음식으로 먼저 쌀가루 혹은 양귀비꽃의 씨앗을 핵으로 하여 세지 않은 불로 익힌 솥 속에 넣은 뒤, 단물(설탕물)을 조금씩 부어 주며 열흘 동안 졸여서 만든다. … 가수저라(카스테라)는 남만과자의 하나로 밀가루 한 되에 설탕 한두 근을 섞고, 물과 달걀을 섞어 반죽하되, 솥에 익힐 때는 겉이 노랗게 변하면 대나무로 구멍을 뚫어 속까지 익도록 한다. … 부석당(캐러멜)은 설탕과

---

* 18세기 초에 일본에서 만들어진 백과사전.

물을 넣고 끓이고, 따로 당밀을 만들어 반죽한다. 반죽이 굳으며 물엿처럼 되는데, 이리저리 잡아당겨 다양한 모양으로 만들 수 있다. 이 음식들은 차를 곁들이면 일품인데….

다미는 선 채로 한참을 읽었다. 그러다가 아예 책을 들고 방 한가운데로 돌아왔다. 구석에 밀쳐 놓았던 소반을 꺼내 놓고 그 위에 호롱불과 책을 올려놓았다. 그리고 또 몇 장을 읽어 내려갔다.

그러다 문득 생각나는 것이 있었다. 그동안은 그냥 그러려니 했는데, 파주댁이 손님들에게 국밥을 내가기 전에, 또는 국밥을 다 먹을 때쯤 내놓는 곁들임 음식들이 생각났다. 그중에는 다식과 전병과 엿은 물론 매실차와 매화차도 있었다. 그러고 보니 섞박지며 어육김치의 종류도 여러 가지였다.

그때, 다미는 문득 누구에게랄 것도 없이 물었다.

왜?

잠시 고개를 갸웃거렸다. 국밥집에 이런 음식들이 왜 필요한지 알 수 없었다. 그러나 파주댁은 연일 일꾼들을 시켜 다식을 만들게 하고 전을 부치고 반찬도 다양하게 만들었다. 틀림없이 성가신 일일 텐데도 거르는 법이 없었다. 손이 모자랄 때는 이웃을 불러다 일을 시키고 삯을 주기도 했다.

그러다가 생각이 비약하더니 또 다른 의문이 들었다. 설마 빙허각이 자신을 일부러 이곳으로 보낸 게 아닐까, 하고. 그런 생각은 곧바로 아버지를 불러냈고, 곧바로 머리가 복잡해졌다. 다미는 책을 덮었다. 그때, 책 사이에 끼어 있던 종잇조각 하나가 떨어졌다.

한자와 언문으로 어설프게 쓴 쪽지였다.

天에 在ᄒᆞ신 我等의 父여 名을 聖ᄒᆞ게 ᄒᆞ옵시며 國이 臨ᄒᆞ옵시고 늡가 天에서 成ᄒᆞ것ᄀᆞᆺ치 地에셔도 成하여지이다 今日 我等에게 日用할 糧食을 주옵시고 我等이 我等에게 罪를 赦ᄒᆞ야 준 것 ᄀᆞᆺ치 我等의 罪를 赦하여 주옵시고….

무얼까, 싶었다. 다미는 읽다가 말고, 쪽지를 다시 책 사이에 끼워 넣었다. 그리고 일어났다. 가슴이 답답해지려는 것 같아서 얼른 밖으로 나왔다.

딱히 아는 길이 없어서, 사립문을 나가 발걸음이 닿는 대로 걸었다. 조 상궁과 올라왔던 방향의 반대편 길이었고, 조금 더 언덕이 이어지다가 내리막길이 나왔다. 그러고 보니, 두물머리에 와서 처음으로 집 밖으로 나온 셈이었다. 밖으로 나올 틈도, 그럴 이유도 없었으니까.

찬찬히 걸었다. 발걸음이 환하게 내리비치는 달을 따라갔고, 그러자 강이 나왔다. 그 강에 달빛이 비치었다. 다미는 반짝이는 강물을 마주 보고 잠깐 멈추었다. 그 너머의, 짙은 수묵화처럼 하늘

한쪽을 병풍처럼 가린 산 능선을 한참이나 바라보았다. 다시 길게 숨을 내쉬었다.

저편 나루터 쪽에 불빛이 어른거렸기에 더 나아가지는 않았다. 사람을 마주칠까, 두려워서였다. 마침 이쪽은, 등 너머가 작은 연못이고 외진 곳이어서 아무도 들고 나는 사람은 없었다. 어디선가 개가 짖었고, 알 수 없는 새 울음소리가 들릴 뿐이었다. 무섭지 않았다. 도리어 사람이 더 무서운 세상이니까.

다미는 가만히 달빛에 젖은 강물을 쳐다보았다. 보이지 않아서가 아니라, 강물은 마치 흐르지 않는 것처럼 느껴졌다. 일렁이는 달빛만 아니었다면 고요한 호수라 해도 믿을 것 같았다.

다미는 돌아섰다. 그리고 왔던 길을 되돌아갔다.

그런데 어디쯤이었을까. 처음 가 보는 길이라, 왔던 길을 조금 벗어났나, 싶었는데 숲 한편에서 사람 목소리가 들렸다. 다미는 자신도 모르게 몸을 움츠렸고, 소리가 난 쪽을 쳐다보았다. 어슴푸레한 불빛도 보였다. 다미는 얼결에 그쪽으로 몇 걸음 다가갔다. 목소리가 조금 더 선명하게 들렸다. 한두 사람이 아니라, 여러 사람의 목소리였다. 다만 그 소리가 너무 낮아서 분명하게 들리지는 않았다.

다미는 숨을 죽이고 귀를 기울였다. 그래도 귀에 들어오는 소리가 있었다.

"하늘에 계신 우리의 아버지시여, 이름을 거룩하게 하옵시며,

나라에 임하옵시고….”

　그건 뜻밖에도 조금 전 책갈피에 들어 있던 종이쪽지에 있던 내용이었다. 무얼까, 싶었다. 하지만 더 놀란 건 그다음이었다. 웅얼거리던 소리가 끝나자마자 움푹 파인 바위 옆에서 사람 몇이 나왔는데, 그중 하나가 다름 아닌 파주댁이었다. 파주댁의 얼굴이 달빛에 잠깐 드러났다가 소나무 그림자 너머로 사라졌다.

　그리고 그때, 뒤에서 누군가가 손으로 다미의 입을 막았다. 다미는 흠칫 놀라 몸을 뒤틀었지만, 입을 막은 손을 떼어 놓지는 못했다. 조금 더 몸부림치자 귀에 익은 목소리가 들렸다.

　“쉿! 서양 귀신을 불러내는 소리야. 못 본 체하고 그냥 돌아가. 얼른!”

　돌아보니 수향이었다.

강 너머의 선비

"아이고, 이 화상아! 깨 다 탄다. 코가 문드러진 거야? 타면 안 된다고 했잖아, 응?"

벼락같은 목소리에 화들짝 놀랐다. 얼결에 돌아보니, 말을 다 마치기도 전에 파주댁이 한뎃부엌에서 솥을 걸고 깨를 볶고 있던 수향의 등짝을 후려쳤다. 짝, 하는 소리가 찰지게 났다. 다미는 자신도 모르게 등을 움츠렸다.

"아야, 아프단 말이에요!"

"냄새가 저 앞마당까지 나는데도 몰랐단 말야? 도대체 정신을 어디에 두고 있는 거야? 이런 거 하나 제대로 못 해서 널 어디에 쓰겠니? 응?"

"그러길래 왜 갑자기 깨를 볶냐고요. 손님 없을 때는 쉬기도 해야지. 그리고 그까짓 깨 조금 탄다고 뭐가 어떻다고요."

수향은 파주댁의 잔소리에 지지 않고 대꾸했다.

"아이고! 내가 말을 말아야지. 어서 찬물 붓지 않고 뭐 해!"

파주댁이 소리를 빽 지르고 부엌으로 들어와 절구질을 하는 다미에게 다가왔다. 그러더니 절구 안에 담긴 깻가루를 손으로 한 줌 퍼 올려 살폈다.

"곱게 잘 빻았구나."

그 말에 다미는 공연히 수향의 눈치가 보였다. 애초에 흑임자 다식을 만들자고 말한 게 자신이었기 때문이다.

며칠 전, 파주댁이 물었다. 《규합총서》를 읽었느냐고, 뒤채에 가 보았더니 《화한삼재도회》가 소반에 있던데 꺼내 보았느냐고. 그렇다고 하자, 고개를 끄덕이더니, 만들고 싶은 게 있냐고 물었다. 그때 무슨 생각에서 다미는 가수저라와 탕화를 입에 올렸다. 마침 손님들에게 곁들임 음식으로 내어 주던 강정이 다 떨어져 가고 있다는 것도 알고 있었던 탓이다. 그러자 파주댁은 "무엇보다 다른 곳에서는 구경할 수 없는 것이니, 좋은 생각이구나" 했다.

하지만 쉬운 일이 아니었다. 가수저라도 탕화도 그저 글을 한 번 읽었다고 쉽게 만들 수 있는 음식이 아니었다. 별의별 방법을 다 동원해 보아도 책에 나온 내용대로 만들어지지 않았다.

그런 참에, 파주댁이 배꾼 하나가 한 달치 외상값 대신 흑임자를 놓고 갔다며 투덜거렸다. "안 받을 수도 없고 해서 받긴 했으나, 되팔 수도 없고…" 하면서 볼멘소리를 했다. 그때 다미가 흑임자로 다식을 만들어 손님들에게 대접하면 어떻겠느냐고 말했더니 파주댁이 옳다구나, 했다. 그러면서 "깨 볶는 일은 수향을 시킬 테니" 했다. 결국 다미가 일을 만든 꼴이어서 한편으로는 수향에게 미안한 마음이 들었던 것이다.

뻘쭘하여 서 있는데, 파주댁이 부엌 바깥에 대고 외쳤다.

"뭘 하고 섰어? 또리 아재한테 가서 잉어 좀 가져오너라. 엊그제 부탁해 놓았으니, 잡아 놓았을 게야. 예닐곱 마리면 된다. 알았지?"

"예닐곱 마리나 되는 걸 나 혼자 어떻게 들고 와요?"

"어휴! 저 썩을 것! 다미, 네가 따라갔다가 오너라! 나머지는 내가 마무리하마."

하는 수 없이 다미는 절굿공이를 내려놓고 부엌 밖으로 나갔다.

새벽부터 오시까지 세찬 비가 내린 탓에 길은 곳곳이 진흙탕이었다. 비는 그쳤지만, 강 쪽에서부터 짙은 안개까지 몰려와 금세 온몸이 눅눅해졌다. 잿빛 하늘은 서서히 희어지고 있었지만, 여전히 음산했다.

"넌 여기서 일하는 게 재밌어?"

주막집을 나서, 비탈 아래까지 내려올 때까지 말이 없던 수향은 문득 어린애 같은 질문을 했다. 다미는 속으로 대답했다.

'그럴 리가….'

그리고 그냥 내처 걸었다. 왼편으로 선착장 가는 길이 보였다.

물안개 너머에 크고 작은 배가 희미하게 형체를 드러내고 있었지만, 오가는 배꾼들은 많지 않았다. 지난 이틀 동안 바람과 비가 내내 그치지 않았던 탓이려니 했다.

다미가 대답이 없자, 수향은 한마디 더 했다.

"아니, 가만 보니 넌 그다지 힘들어하는 내색도 없고…"

"…."

그 역시 자다가 남의 다리 긁는 격이어서 대꾸하지 않았다.

"이모가 주막에서 일하다가 부지런한 총각 만나서 시집이나 가라고 하는데, 난 싫어. 이모가 매파한테 장사꾼을 소개해 달라고 부탁을 해 놨대. 그런데 난 못 하겠어. 밤낮없이 일이나 하고 그게 뭐야?"

수향은 시키지도 않은 말을 늘어놓았다. 아마 아무에게나 그냥 털어놓고 싶은 것 같았다. 하긴 주막에는 파주댁은 물론 일하는 아낙네들 전부가 그 또래이니 맘껏 이야기를 나눌 사람이 없을 게 분명했다. 차라리 두 살 어린 다미가 대화 상대로는 더 나을 것이다. 그래서 다미는 그냥 들어 주는 게 더 낫겠다는 생각이 들었다.

수향은 또 투덜거렸다.

"이모는 나보고 무슨 언문이라도 배우라고 채근하는데, 언제 그걸 배울 시간이 있다는 거야? 그리고 그걸 배워서 어디에 쓰게? 계집이 무슨 과거를 볼 것도 아니고. 그런데 너는 글을 어찌 배운 거야? 선반에 있던 책을 다 읽을 줄 알아? 그래서 뭘 할 건데? 아니, 어차피 너나 나나 주막집 부엌데기는 마찬가지 아니야? 조선 천지에 양반 아닌 여자로 태어나서 제 뜻대로 사는 년이 어딨담? 그저 돈 많은 사내 만나서 손에 물 안 묻히고 사는 게 장땡이지."

다미는 얼결에 고개를 끄덕였다. 두어 번쯤. 하지만 문득 그 순간, 하필이면 빙허각의 얼굴이 떠올라서, 뒤미처 엄마까지 생각나서 딱 멈추었다. 그리고 왼손에 들고 있던 소쿠리를 오른쪽으로 바꾸어 들었다. 그러는 동안에도 수향은 끊임없이 조잘거렸다. 자신은 스무 살이 되기 전에 주막을 뜰 거라는 둥, 다미에게도 돈 잘 버는 장사꾼 만나서 팔자 고치라는 둥, 별의별 소리를 다 했다. 그러다가 파주댁 흉을 보기도 했다. 돈을 벌려면 악착같아야지 퍼 줄 거 다 퍼 준다는 둥, 다른 주막에서는 주지도 않는 곁가지 음식까지 내준다는 둥, 그래도 한때는 노비였던 주제에 그만하면 팔자 편 것이라고….

다미는 자신도 모르게 물었다.

"노비였다고요?"

생각지도 않게 목소리가 컸다. 그 바람에 다미는 민망해졌다. 하지만 수향은 그런 것에는 아랑곳하지 않고, 기다렸다는 듯 대꾸했다.

"몰랐던 거니? 하긴 대놓고 떠들 일은 아니지. 원래는 파주 장

단에 살았대. 처음엔 소작농이었다가 서너 해 가뭄이 들어 소작료를 못 내서 노비가 될 처지였던 걸 서씨 집안에서 거두었다더라. 그런데 파주댁이 음식 솜씨도 좋고 손끝이 야무졌나 봐. 음식만이 아니라 옷도 잘 지었대. 거기서 파주댁은 글도 배우고….”

“노비에게 누가 글을 가르쳐요?”

“그러니까 별나다는 거지. 그 댁 작은 마님이 그렇게 극성이었대. 시동생도 직접 가르쳐서 과거에 합격시켰다던데?”

비로소 다미는 빙허각이 자신을 이리로 보낸 이유를 알 것 같았다. 자신도 모르게 고개를 끄덕였다. 그러는 사이 수향이 말을 이었다.

“네가 보던 책도 파주댁이 여기로 올 때 그 작은 마님이 주신 거라던데?”

다미는 다시 한번 고개를 끄덕였다. 그리고 물었다.

“그런데 어쩌다가 두물머리까지….”

“그게 참 별일이지. 소작료를 갚아 주었으면 어쨌든 노비가 된 건데, 10년이 지나서 품삯을 다 갚았다며 나가 살라고 했다나? 믿어야 할지 말아야 할지. 아무튼 난 엄마한테 들었어. 저마다 제 재주대로 살아야 한다고 그랬다나, 어쨌다나? 그런 사람이 진짜 있는지 없는지 확인할 길이 있어야지….”

수향의 엄마는 파주댁과 가까운 사이라 했다. 파주댁이 처음 두물머리에 왔을 때, 수향의 엄마는 찬모 노릇을 하다가 어느 날 수향을 파주댁에게 맡기고 장사꾼에게 재가하여 여기저기를 떠돈다는 말을 일 어멈들에게 들은 적이 있었다.

수향에게는 낯설지 몰라도 다미는 얼추 이해가 되었다. 다미는 빙허각의 진심이 어디에 있는지 아직도 그 깊은 마음은 헤아릴 수 없지만, 빙허각이라면 당연히 그렇게 했을 거라는 생각이 들었다.

그런데 그때, 수향이 한마디를 더 보탰다.

"우리 엄마가 그러는데, 파주댁도 속을 알 수 없는 사람이라고 했어. 하긴 나도 그런 생각이 들어."

그 말에 다미는 수향을 빤히 쳐다보았다. 그러자 수향이 별일이라는 듯 대꾸했다.

"서양 귀신 말야. 가끔 한밤중에 쥐도 모르게 사라져서 어디 갔나, 했더니 서양 귀신 불러내러 다니더라고. 도둑고양이처럼 말야. 번 돈을 다 거기에 갖다 바친다는 소문도 있고⋯. 아무튼 넌 모른 체해. 그게 좋아."

그 바람에 다미는 무슨 질문을 하려다가 말았다. 닷새 전, 수향이 입을 막고 귓속에 속닥였던 말, 서양 귀신을 불러내는 소리? 그날 밤에는 뒤채로 돌아가 그저 잠을 자기에 바빴고, 또 며칠은 유독 손님이 많아 이야기를 나눌 시간이 없었다. 게다가 수향은 툭하면 밤마실을 나갔으므로 얼굴을 마주하기 힘들었다.

"그런데 그 서양 귀신⋯."

숨을 크게 두어 번 들이쉬고 다미는 입을 열었다.

그러나 그때였다. 길은 오른쪽으로 휘돌고 왼편엔 연꽃밭이 나오나 싶었는데, 그 연꽃밭 너머에 젊은 선비 하나가 모습을 드러냈다. 제법 차려입은 듯했지만, 멀리서 봐도 배가 꽤 나온 키 작은 선비였다. 수향은 그 선비를 보더니 어쩔 줄 몰라 했다. 그쪽으로 달려가려다가 멈추어 다미에게 다가와 제가 들고 있던 소쿠리를 내밀었다.

"또리 아재한테는 혼자 갈 수 있지? 잉어 예닐곱 마리라고 했으니까, 혼자서도 들고 올 수 있을 거야."

"네? 언니, 저는 또리 아재 댁이 어딘지도 모르고⋯."

"이 길로 쭉 올라가면, 초가집 몇 채가 나올 거야. 그중 끝 집을 찾아가면 돼. 강에서 제일 가까운 집이라고. 알았지? 버드나무 아래 있는 집을 찾아."

다미는 얼결에 소쿠리를 받아들었고, 그새 수향은 선비를 향해 달려갔다.

다미는 갑자기 난감해졌다. 파주댁이 심부름을 시키면서 다미에게 "저 계집애는 언제 밖으로 튈지 모르니까 꼭 붙잡아 데려와야 한다, 알겠지?"라고 했기 때문이다. 얼결에 수향이 자주 밤마실을 나다니던 이유를 알게 되었지만, 그게 무슨 소용일까, 싶었다. 수향은 곧 오른편 땅딸막한 선비와 함께 오른쪽 소나무 숲 안쪽으로 사라졌다. 다미는 공연히 그 뒷모습을 한참이나 바라보왔다.

그나저나 잉어 예닐곱 마리를 들고 올 생각을 하니 갑갑했다. 특별한 손님이 올 때마다 파주댁이 잉어찜을 내놓곤 하는데, 마을 어부라는 또리 아재가 가끔 주막으로 가져오는 잉어는 팔뚝만 한 것이 대부분이었다. 그것을 예닐곱 마리나 혼자 가져오려니 생각만으로도 땀이 났다.

그러나 별수 없었다. 다미는 다시 걷기 시작했다. 곧 연꽃밭을 지나고 야트막한 언덕이 나왔다. 그 언덕 위의 오른편으로 수향이 말한 초가집 몇 채가 눈에 들어왔고, 오솔길 반대편에 유독 홀로 떨어진 집 한 채가 보였다. 낮은 초가지붕을 이고 선 허름한 집은 강 쪽에 바짝 붙어 있는 버드나무에 기대 있는 모양새였다. 다미는 그쪽을 향해 걸어갔다.

족히 수십 년은 되었을 법한 버드나무가 푸른 가지를 강 쪽에 늘어뜨린 채 너불거렸다. 그 버드나무를 오른쪽으로 휘돌아 썩은 새*로 둘러친 초가집에 이르렀다.

"아재! 또리 아재 계세요?"

다미는 한 번도 불러 본 적이 없는 이름을 제법 아는 체하며 소리를 높였다. 그런데 안에서는 아무런 기척이 없었다. 툇마루 가까이 다가가 한 번 더 불러 보았지만, 구멍이 숭숭 난 문안에서는 기척조차 없었다.

---

* 오래되어 썩은 이엉.

다미는 한동안 쪽마루에 앉았다가 안마당을 서성거렸다. 강물도 내려다보고, 집안 여기저기 널린 낚싯대와 그물도 힐끗거리며 구경했다. 속곳 허리춤에 쑤셔 넣었던 종이 쪼가리를 꺼내 보기도 했다. 가수저라와 탕화, 그리고 흑임자 다식을 만드는 방법을 적은 내용을 필사한 종이였다.

파주댁 때문이었다. 파주댁이 다미에게 곁들임 음식으로 내어놓을 음식을 직접 만들어 보겠느냐고 했다. 그래서 다미는 책에서 읽기는 했으나, 만드는 방법을 이해하지는 못했다고 말했다. 읽고 또 읽어서 준비가 되면 말하겠다고 대답했다.

그래서 책에 적힌 내용 중에서도 알짬만 골라내 따로 적어서 틈이 날 때마다 보고 또 보았다. 이전에도 그렇게 했었다. 음식 만드는 법을 읽었다고 무턱대고 만들기보다 읽고 이해해야 음식을 만들기가 수월했다. 그래서 며칠이라도 더 읽으며 머릿속에 단단히 넣어 둘 참이었다. 쪽지를 부뚜막에 올려놓고 보면서 음식을 만들 수는 없지 않은가. 더구나 가수저라와 탕화는 조선의 음식이 아니어서 더더욱 세세하게 읽어 두어야 했다. 하필 왜 그걸 적었는지 스스로도 알 수 없었지만. 남들이 하지 않는 음식도 해 보라는 빙허각의 말이 떠올라서였을까.

하지만 그걸 몇 번이나 읽고 외는데도 또리 아재는 나타나지 않았다. 그래서 또 한동안 서성거렸다.

얼마쯤 더 지났을 때, 강 안개가 훅 꺼지는가 싶더니 서녘 하늘에 파란 하늘이 살짝 드러났다. 그리고 얼핏 해가 두꺼운 구름 사이로 얼굴을 내밀었다가 감추기를 반복했다. 딱 그즈음이었다. 강 위쪽에 작은 나루터가 눈에 들어왔다. 그리고 그쪽에 누군가가 낚싯대를 드리우고 앉아 있는 모습이 얼핏 드러났다. 안개가 걷히기는 했지만, 그 앞을 가로막은 잡풀 때문에 형체가 분명하지는 않았다.

혹시나 하는 생각에 다미는 그쪽으로 발걸음을 옮겼다. 높게 자란 풀과 늘삿갓*에 가려 얼굴을 알 수 없었다. 다미는 더 다가갔다. 낚시꾼 옆으로 서너 명이 겨우 탈 만한 물윗배** 하나가 잔물결에 일렁이고 있었다.

"또리 아재 맞으시…."

순간 낚시꾼이 살짝 고개를 돌리며 늘삿갓을 살짝 치켜들었다. 또리 아재가 아니었다. 낚시꾼치고는 깔끔한 두루마기 차림의 중노인이었다. 다미는 제풀에 놀라 얼른 걸음을 멈추었다. 그리고 자신도 모르게 가볍게 고개를 숙인 뒤 돌아섰다. 그런데 하필이면 그때, 서두르느라 소쿠리를 놓쳤고, 그 바람에 손에 쥐고 있던 쪽지가 손에서 떨어져 나갔다. 그러더니 바람에 휩쓸려 하필이면 낚시꾼 쪽으로 날아갔다.

"어어…."

---

* 부들로 만든 삿갓.
** 강을 다니는, 바닥이 평평한 배.

다미는 소쿠리는 얼른 주위 들었지만, 잠시 머뭇거리는 동안 필사한 쪽지는 낚시꾼이 주위 들었다. 낚시꾼은 쪽지를 대충 읽는 듯하더니 어쩔 줄 몰라 서 있는 다미를 향해 내밀었다. 이러지도 저러지도 못한 채 다미는 잠시 발을 동동 구르다가 하는 수 없이 낚시꾼에게 다가갔다. 다시 필사하면 될 일이지만, 그냥 달아나는 것도 뻘쭘한 일이란 생각이 들었다.

다미는 조심스레 다가갔다. 그리고 허리를 숙여 낚시꾼이 내민 쪽지를 받아들었다. 그리고 뒷걸음으로 물러났다.

"가수저라를 만들 줄 아느냐?"

막 돌아서려는데, 낚시꾼이 난데없이 물었다. 그제야 그의 얼굴을 바로 보았다. 약간 병색이 도는 듯 초췌한 얼굴이었으나, 눈빛만은 맑고 또렷했다. 흰 손도 그렇고, 단정한 옷매무새가 흔한 낚시꾼으로 보이지 않았다.

"탕화도 그렇고…. 본 적이 있더냐?"

"직접 본 적은 없습니다. 그저 그림으로만 보았는데, 별 모양이었습니다."

"그래. 나도 그리 들었다. 오래전 청국에 다녀온 학자들에게서 말이다. 가수저라도 마찬가지고. 그런데 어떤 책을 읽었는지 물어봐도 되겠느냐?"

"그것은 어찌…?"

"별 뜻이 있어서 묻는 건 아니다. 조선의 음식이 아니고, 이런 내용이 들어 있는 책도 귀할 터인데, 그게 궁금할 따름이다."

여느 낚시꾼의 말투가 아니었다. 그런 생각이 들어서일까. 다미는 자꾸만 조심스러워졌다.

"《규합총서》라 하였습니다. 그리고 또 하나는 《화한삼재도회》라 적혀 있는 책인데, 뜻을 알 수 없는 한자와 왜어가 섞여 있어서 그 뜻을 다 헤아릴 수가 없었습니다."

"그걸 어찌 읽었더냐? 어느 집안의 자손인가?"

"…."

다미는 거기서 말문이 막히고 말았다. 뭐라 대답해야 할지 난감했다. 그걸 의식했는지 선비는 질문을 바꾸었다.

"한데 이곳에 어찌 나왔느냐? 물고기를 잡으러 왔더냐?"

"그런 게 아니옵고, 저 초막에 사는 또리 아재를 찾아왔다가…. 손님께 쓸 잉어를 구하러 심부름을 온 참이었습니다."

"손님이라면…? 어느 집에서 일하느냐?"

"파주댁의 심부름을 왔습니다."

"안다! 두물머리를 지나는 배꾼들이 가장 많이 찾는 주막집이라더구나. 내 그 집에 신세를 진 적도 있고…."

"…."

"그나저나 가수저라와 탕화를 어찌 만들 셈이냐? 얼핏 읽어 보았다만, 재료도 재료거니와 이걸 만들 만한 솥이 따로 필요할 것 같은데?"

"저도 그리 생각은 하고 있사온데, 그걸 어찌…"

"허허! 내가 요리를 할 줄 안다는 뜻은 아니다. 청나라에 다녀
온 사람들에게 들었는데, 다점이라는 곳에서 이따금 차와 가수저
라를 곁들여 먹는다고 들었을 뿐이다. 한 번이라도 직접 해 보았
느냐?"

다미는 고개를 끄덕였다. 그러면서 선비가 그다음을 물을 것
같아 얼굴이 뜨거워졌다. 처음 보는 선비한테 모든 것을 들킨 것
같아서 부끄러웠다.

몇 번씩 해 보았지만 단 한 번도 뜻대로 되지 않았다. 가수저라
도 탕화도. 가수저라는 겉은 너무 시커멓게 탔고, 탕화는 사탕이
별 모양으로 만들어지지 않고, 굳기 전에 난질거리기 일쑤였다.
주막을 온통 단내로 물들여 놓았는데도 제대로 된 건 없었다.

그런데 그즈음이었다. 뒤편에서 기척이 들렸고, 돌아보니 또리
아재가 이편으로 걸어오고 있었다. 그 바로 뒤에는 딱 그만 한 중
늙은이가 망태기를 옆에 두르고 뒤를 따랐다. 다미는 또리 아재
를 향해 고개를 숙였다.

"네가 여기에 있었구나."

"대감마님, 오래 기다리셨습니다. 어서 가시지요. 곧 해가 지겠
습니다."

또리 아재가 다미를 향해 말했고, 또 다른 사내는 선비를 재촉
했다. 그러면서 낚싯대를 거두더니 조각배에 실었다. 그런 사내를

향해 선비가 물었다.

"찻잎은 구했느냐?"

"네, 날이 궂어서 들어온 배가 없었는데, 마침 엊그제 마포진에서 온 장사치 하나가 가져온 찻잎이 있어서 구해 왔습니다."

사내는 대답을 하고 물윗배에 올랐다. 뒤이어 선비가 배를 탔다. 곧 사내가 노를 젓기 시작했다. 배는 해 지는 쪽을 향해 조금씩 멀어졌다.

"파주댁이 보내서 온 게지? 한참을 기다린 게냐?"

배가 어느 만큼 멀어지자 또리 아재가 물었다.

"오래 기다리지는 않았습니다."

"그래, 그렇다면 다행이구나. 어서 내 집으로 가자."

또리 아재는 혼잣말하듯 하며 앞서 걸었다. 다미는 그런 또리 아재를 향해 물었다.

"그런데 저 선비님은 누구신지요?"

"다산茶山* 어른이시다. 들어 본 적 있느냐?"

"아니요. 처음 듣습니다."

"그럴 게다. 선왕 대에는 높은 벼슬도 하셨는데 임금이 바뀌고 나서 일가족이 참화를 당했다더구나. 마을 사람들이 쉬쉬하고 있지. 오랫동안 유배 생활도 하시다가 돌아오신 지 얼마 되지 않았다."

---

* 정약용의 호.

"어쩐 일로 온 가족이…."

"여러 가지 이유가 있다만 형제들이 야소교를 믿었다더구나."

"네? 야소교요?"

"소리를 낮추거라. 마을 사람들도 쉬쉬하는 일이다. 그래도 내
가 보기엔 올곧은 분이시다. 유배 중에도 수백 권의 책을 쓰셨다
지?"

"아!"

그 말 한마디에 다미는 뒤를 돌아, 선비가 배를 타고 떠난 방향
을 쳐다보았다. 그걸 알았는지 또리 아재가 덧붙였다.

"뭍으로 가면 멀리 돌아가지만, 배를 타고 가면 금방 질러가지.
저 건너편에 솟은 커다란 나무가 보이느냐? 거기 대감마님 댁이
있다. 가끔 이쪽으로 건너와 낚시를 하며 소일하신다. 차를 그리
도 좋아하신다던데…."

또리 아재는 말끝을 흐리고 다시 걷기 시작했다. 다미는 해 지
는 쪽을 한 번 더 쳐다보고 걸음을 옮겼다. 문득 선비의 얼굴이
되살아났다. 얼굴빛이 초췌한 이유를 알 것 같았다. 그런데 왜인
지는 알 수 없으나, 가슴이 뛰었다. 어쩌면 야소교라는 말을 들었
기 때문인지도 몰랐다.

큰손님이 찾아오다

곧 들이닥친다던 큰손님은, 그로부터 보름이 더 지나서야 당도했다. 그동안은 손님이 이전만 못했다. 때아닌 초여름 장마로 어느 곳에 홍수가 났다는 둥, 그래서 어디는 뱃길이 끊어지고, 또는 배가 부서져서 오랫동안 수리를 해야 했다는 둥 하는 이야기가 떠돌았다.

그 때문인지 종일 북적이던 주막은 한낮을 제외하곤 한가했다. 하루 묵어가는 손님도 많지 않았고, 해가 지고 나면 멀리서 개 짖는 소리밖에 들리지 않았다. 늦은 밤까지 배꾼들의 술타령이 들려오던 때와는 영 딴판이었다.

하지만 쉴 틈이 있는 건 아니었다. 파주댁은 여유가 생기자 이것저것 음식을 만들어 댔다. 특히 다미에게는 곁들임 음식을 이것저것 만들어 보라 일렀다.

"양이洋夷*들은 밥을 먹기 전후에 곁들임 음식을 내놓는다고 한다. 지금은 청국에서도 한다지? 본 음식을 먹기 전에 입안에 침을 돌게 하고 그다음에 나올 음식이 기다려지도록 말이다. 옳거니! 책에 쓰여 있는 것을 해 보거라."

그래서 알겠거니, 했는데 파주댁은 자기 말에 토를 달았다.

"물론 다 믿지는 말거라. 글을 쓰는 이들이 누구냐? 양반님들이다. 음식을 만들고 요리를 직접 해 보지 않고 그저 본 대로 들은 대로 써 놓은 경우가 많을 것이다. 직접 해 보았자, 한두 번일 테지. 물론 어느 정도는 도움이 되겠지만, 결국 네 손끝을 믿으란 말이다. 수없이 실패해 본 그 손끝 말이야!"

파주댁의 말은 얼추 옳았다. 책에 쓰인 대로 재료를 준비하고 글로 쓰인 대로 만들어도 어떤 음식은 제맛을 내지 않는 경우가 많았다.

특히 가수저라니 탕화니 하는 것들은 더더욱 그랬다. 먹어 보지도 못했고 본 적도 없어서 더 그럴 거라 생각했다. 그래서 몇 번씩 또 만들고 다시 만들어야 했다. 하지만 몇 번을 만들어도 제 모양이 나지도 않았고, 맛은 더더욱 기대하기 어려웠다.

그러는 사이 큰손님이 도착했다. 수향에게 들은 말로는 조운선**을 타고 조선 팔도 안 가 본 곳이 없는 사람이라고 했다. 가진

---

* 서양 오랑캐라는 뜻으로, 서양인을 낮잡아 부르던 말.
** 세곡(세금으로 걷은 곡식)을 싣고 지방과 한양을 다니던 배.

배도 여러 척이고, 부리는 사람만 해도 수백 명이며, 엄청 부자라고 했다. 파주댁의 일을 돕는 어멈들도 덩달아 입에 올렸다.

"두물머리에서는 지나가는 강아지도 김무생이란 이름을 안다니까 그러네."

"어디 두물머리뿐이여? 한양에서도 장사꾼들 사이에 모르는 사람이 없다잖아."

그런 말들을 주고받았다. 다미는 김무생이란 이름을 두어 번 곱씹다가, 그러려니 했다. 문득 오래도록 배를 탔으면 거칠고 험상궂게 생긴 얼굴일 것이라는 생각이 들었다. 물론 얼마 지나지 않아 그 생각은 깨졌지만.

"주모! 나 왔수! 이제 주막 문 닫읍시다!"

주막 바깥에서 웅성거리는 소리가 들리는 듯싶더니 벼락같은 목소리가 빈 주막을 흔들었다. 막 해가 서쪽으로 한껏 기울고 있을 때였다. 어찌나 소리가 큰지, 부뚜막에 올려놓았던 그릇들이 부르르 흔들리는 것 같았다. 다미가 얼핏 부엌 밖을 내다보니, 구척장신의 사내가 기세 좋게 주막 안으로 들어섰다. 우람한 덩치 외에, 얼핏 보기에는 배꾼처럼 보이지 않았다. 잘 차려입은 비단 저고리가 우선 그러했다. 볕에 얼굴이 검게 그을고, 수염도 아무렇게나 자란 보통의 배꾼과는 달랐다. 투덕투덕한 얼굴에 수염도 깔끔하게 다듬었고, 낯빛이 희었다. 목소리는 장수의 것인데, 차림새는 벼슬아치의 모양새랄까.

사내 뒤로 스무 명 남짓의 배꾼들이 꾸역꾸역 주막 안으로 들어왔다. 파주댁은 사내 앞에 머리를 조아리며, 본채의 대청으로 이끌고 갔다. 나머지 사내들은 평상 여기저기 흩어져 앉았다.

다른 손님은 없었다. 큰손님이 온다는 기별을 받고 이미 신시부터 다른 손님을 받지 않아서다. 그런데도 주막은 손님들이 북적거릴 때보다 바빴다.

식전 곁들임 음식인 흑임자 다식부터 날랐다. 몇몇은 "고기 주쇼, 고기!"라고 외치기도 했지만, 구태여 마다하지 않았다. 오히려 더 맛을 보자며 연신 "주모"를 외쳐 댔다. 그럴 때마다 도우러 온 아낙들은 "네!"라고 외쳐 댔고, 부엌과 평상을 뛰어다녔다. 이어 아침나절부터 삶은 새끼 돼지찜을 나르고, 특별히 수육이 잔뜩 들어간 국밥과 함께 따로 준비한 섞박지는 물론 어육김치까지 내놓았다.

배꾼들은 게걸스럽게 먹었다. 금방 음식 그릇을 비우고, "주모 여기 수육 떨어졌소", "여긴 술이 떨어졌소!"를 반복해 댔다. 일하는 아낙네들은 연신 부엌을 드나들면서, "살다 살다, 저런 먹깨비들은 첨 봤네", "어휴, 장터보다 시끄럽다니까!" 하며 투덜댔다.

하지만 그건 시작에 불과했다. 해가 지고 밤이 이슥해지자 배꾼들은 노래를 부르고 제자리에서 일어나 춤을 추었다.

어기여차 어기여차

닻 올리고 돛을 펴라

노 저으며 나가 보자

뜨내기로 사는 인생

비가 오나 눈이 오나

노를 저어 나가 보세

세상만사 물 흐르듯

둥글둥글 살아 보세

다미는 오래전 아버지를 따라 마포 새우젓 시장에 갔을 때 이 노래를 들었던 것 같기도 했다. 누구는 노래를 따라 부르고 어떤 이는 일어나 어깨를 들썩거렸다. 음식을 나르던 어멈들도 한둘씩 손뼉을 치며 "얼씨구"를 연발했다.

어느새 그 놀이판에 수향이 끼어들었다. 노래가 거듭되자, 먼저 배꾼이 어멈 하나를 불렀고, 뒤미처 수향도 불러냈다. 수향은 평상 사이를 오가며 엉덩이를 씰룩대고 양팔을 휘저어 댔다. 보기에 민망했지만, 배꾼들은 좋아하며 엽전을 쥐어 주곤 했다. 거기에 더 신이 난 수향은 배꾼이 따라 준 술을 마시고 평상 사이를 돌아다니며 제가 아는 노래를 불러 댔다. 몇몇 배꾼은 음식을 나르는 다미에게도 춤을 추어 보라는 둥, 노래를 불러 보라는 둥 불러 댔지만, 다미는 그럴 때마다 부리나케 부엌으로 뛰어 들어왔다. 뒤미처 파주댁이 "어린애한테 별짓 다 한다"라며 배꾼들을 나무랐다.

배꾼들의 왁자지껄한 소리는 밤이 깊어서야 수그러들었다. 몇몇은 방을 찾아 들어가 일찍 잠들었고, 몇몇은 아예 평상에 벌러덩 누워 코를 골았다.

그즈음부터 음식 심부름하던 아낙들은 설거지를 시작했고, 다미는 부엌 뒷마당으로 나섰다. 파주댁이 진즉에 시킨 대로 화로를 꺼내 불을 피웠다. 그 위에 국밥 그릇보다 세 배쯤 큰 옹기그릇을 올려놓고 물을 부었다. 그런 다음 쪼그리고 앉아 물이 끓기를 기다렸다.

마침 파주댁이 들이닥쳤다.

"불을 지폈어? 잉어는 손질했고?"

다미는 얼른 일어나 부엌 한쪽의 서늘한 구석에 고이 놓아두었던 대나무 소쿠리를 가져왔다. 그 안에 잘 손질된, 팔뚝만 한 잉어가 담겨 있었다. 미리 비늘을 떨어 내고 내장을 꺼낸 뒤라 잉어는 아주 말끔해 보였다. 파주댁은 그것을 꺼내더니 능숙하게 잉어의 갈라진 배에 파와 마늘과 생강을 다져 넣었다. 그런 다음 갈라진 배를 실로 동여맸다. 서서히 끓기 시작하는 물에는 소금을 조금 뿌리고 연잎을 바닥에 깔았다. 그 위에 손질한 잉어를 살며시 올려놓았다. 마지막으로 마치 탕약을 달이듯 옹기그릇 아가리를 무명천으로 꼭꼭 싸맸다.

"자, 이 상태로 네 시진쯤 고아야 한다. 서두른다고 불을 더 세게 때거나 해서는 안 돼. 딱 이 정도 세기를 유지해야 해. 졸지 말고. 알았지?"

그런데 문득 의문이 들었다.

"잉어는 보통 여름 전에 먹는 것이라 했는데…?"

"맞다. 모든 음식은 제철이 있고, 그때 먹어야 몸에도 좋은 법이지. 그렇지 않으면 독이 되기도 하고 말야. 하지만 손님이 원할 때는 그만한 이유가 있어서 그러는 것이니, 독이 되지 않게는 해야지. 빙허각 마님도 그리하셨을 게다."

"그럼 중불에 오래도록 끓이는 이유는 왜인지요? 보통 잉어탕은 토막을 내서 한 번에 졸이듯이 끓여 내면 될 터인데…."

"보통은 그리하는 게 맞다. 하지만 오늘은 뼈까지 푹 고아서 손님께 내갈 요량이다. 큰손님이 그걸 좋아해서 말이다. 그러려면 중불에 오래 끓여야 살은 쫄깃한 채 그대로고, 뼈는 흐물흐물해지지. 그러고 나면 다시 양념을 해서 탕을 만들 터이니, 꼭 지켜보거라. 혹시라도 물이 많이 졸아들었다 싶으면 소금물을 조금만 더 넣고. 알겠지?"

그리고 파주댁은 다시 본채로 나갔다.

다미는 화로 앞에 쪼그리고 앉았다. 가끔씩 화로에 부채질을 했다. 그때 문득, 익숙한 느낌에 사로잡혔다. 아버지의 탕약을 달일 때 꼭 이랬다. 부채질을 하면서 엄마를 원망했고, 매운 연기에 눈물을 흘렸다. 어디선가 기침 소리가 들리는 것 같았다. 다미는 자신도 모르게 사방을 두리번거렸다. 그러나 기침 소리는 더 이상 들리지 않았다. 아직도 잠들지 않은 손님들의 웃음소리가 이따금 들릴 뿐이었다.

하지만 그걸 확인한 뒤에도 아버지 생각이 멈추지를 않았다. 길거리에서 보았던 아버지의 모습이 자꾸만 눈앞에서 어른거렸다.

하아!

생각이 깊어지자 한숨이 났다. 아버지는 정말 괜찮은 걸까. 조상궁이 알아봐 준다고 했는데, 왜 아무런 연락이 없는 걸까. 날짜를 세며 하루하루를 보내지는 않았지만, 못해도 두 달은 지난 듯한데…. 혹시? 불길한 생각이 스쳤다.

하지만 다미는 금세 머리를 저었다. 무소식이 희소식이라는 말이 있지 않은가. 별다른 소식이 없는 걸 보면 별일 없겠거니 했다. 다만 자꾸만 무언가 끓어올라 넘치려는 것처럼 가슴이 울컥거리는 것만은 어쩔 수가 없었다. 그동안 잘 참아 왔는데, 왜 하필 지금…?

다미는 눈시울이 뜨거워졌다. 어금니를 꾹 물고 하늘을 쳐다보았다. 새까만 밤하늘에는 별이 총총 박혀 있었다. 그 별의 숫자만큼이나 무수한 생각들이 두서없이 밀려들었다. 그러나 어느 것 하나도 실감이 나지 않았다. 아버지가 온몸이 부서진 채 돌아온 일이나, 갑자기 엄마가 사라진 일, 그리고 아버지가 다시 끌려가던 일까지. 그 모든 것이 자신이 경험한 일인지 누군가에게 들은 말인지 알 수가 없었다.

다미는 벌떡 일어났다. 그리고 안절부절못하고 좁은 뒷마당을 이리저리 오갔다. 그런 자신의 모습이 낯설어서 뺨을 때려 보았다. 정신이 잠깐 돌아오는 듯했지만, 그러다가 다시 멍해졌다.

한참 만에 다미는 억지로 다시 화로 앞에 앉았다. 아니, 그러다 또 일어나고….

얼마나 시간이 지났을까. 새벽닭이 울었다.

꼬끼오 소리에 다미는 졸다가 깨어났다. 사방은 이미 훤했고, 담 너머에는 옅은 안개가 피어올라 있었다. 깜짝 놀라 옹기그릇을 쳐다보았다. 그리고 그때 파주댁이 나타났다.

"그래, 어디 보자. 냄새는 그럴듯하다만…. 이제 탕을 끓여야겠다."

파주댁은 옹기그릇을 열어 보더니 고개를 끄덕이며 말했다. 그러더니 옹기를 행주에 감아 부엌으로 옮겨 갔다. 다미는 그래야 한다는 듯 파주댁을 졸졸 따라다녔다. 그러자 문득 파주댁이 말했다.

"심신이 쇠약해지신 분이 있다. 체기가 잦고 한때는 크게 몸을 상하신 적도 있고 한데…. 무엇을 해 드리면 좋겠느냐?"

갑자기 무슨 말인지 이해할 수가 없었다. 다미는 고개를 갸웃거렸다. 한참을 대답할 수가 없었다. 파주댁은 되묻지 않았다. 잉어탕을 준비하느라 손만 바쁘게 놀릴 뿐이었다. 그래서 다미는 잠깐 더 생각하다가 말했다. 그리고 때마침 밖에 나갔다가 보았던 연꽃밭이 생각났고 《규합총서》에서도 보았던 기억이 스쳤다.

"체기가 잦다는 건 위가 온전치 못하다는 것이고, 몸을 상했다면 혈을 풀어 줄 음식이 필요하겠는데… 우분죽*이 어떨까요? 일전에 아버지께 해 드렸는데 속이 편하다 했습니다."

"그래. 좋은 생각이다. 그럼, 어서 뭐로든 요기 좀 하고 잠시 쉬고 있거라. 내가 챙겨 보마."

무슨 말인지 알 수 없었다. 다미는 밖으로 나가는 파주댁을 잠시 쳐다보았다. 곧이어 헛간 문이 열리고 닫히는 소리가 들렸다.

다미가 국밥을 다 먹고 뒤채에 들어 벽에 기대 졸고 있을 때쯤, 바깥에서 부르는 소리가 들렸다. 다미는 얼른 달려 나갔다. 잠깐 졸았다, 싶었는데 어느새 해가 꽤 솟아 있었다. 못해도 사시巳時는 된 듯했다. 배꾼들은 몇밖에 보이지 않았고, 주막 마당에는 파주댁과 또리 아재, 그리고 큰손님이 서성대고 있었다.

"이 아이인가? 참하고 야무지게 생겼구나."

"믿으셔도 됩니다. 다른 건 몰라도 음식 만드는 일에는 진심을 다하는 아이죠. 병자를 돌본 적도 있으니, 누구보다 나을 것입니다. 이 마을에 아는 사람도 없으니, 말 퍼트릴 일도 없고요."

큰손님의 말에 파주댁이 응답했다. 다미는 무슨 말인지 알 수

---

* 연근으로 만든 죽.

없어서 그저 눈치만 보았다. 그러자 큰손님이 한마디 더 했다.

"자, 이제 가 보세."

"다미, 너는 저 어르신 말씀만 들으면 된다. 알겠지?"

큰손님의 말에 파주댁은 다미의 등을 떠밀며 말했다. 그와 동시에 또리 아재가 따라오라는 듯 턱짓을 했다. 다미는 하는 수 없이 따라나섰다.

큰손님은 주막 밖을 성큼성큼 걸었다. 또리 아재는 지게를 지고 두어 걸음쯤 뒤를 따랐고, 다미는 그 옆에서 잰걸음을 놀렸다. 또리 아재의 거침없는 발걸음을 따라잡느라 금방 숨이 차기도 했고, 알 수 없는 불안함 때문에 더 가슴이 뛰었다. 다미는 또리 아재를 자주 힐끔거렸지만, 또리 아재는 묵묵히 걷기만 할 뿐 눈길한 번 주지 않았다. 그렇다고 무어라 물어보기도 멋쩍어서 다미는 그저 따르는 수밖에 없었다. 큰손님 역시 뒤 한 번 돌아보지 않고 앞만 보고 걸었다.

막 배가 들어왔는지 배꾼과 장돌뱅이들이 부지런히 주막을 오고 갔다. 멀리 선착장 쪽에는 한층 더 사람이 북적거렸다. 큰손님은 선착장 쪽으로 가지 않고 뜻밖에도 다미가 수향과 함께 또리 아재를 찾으러 갔던 그 길로 향했다. 혹시나 했는데, 아니나 다를까 또리 아재 집이 금세 보였다. 거기서 더 지나 낚시하던 선비, 그러니까 다산을 만났던 강변 작은 나루터에 다다라 멈추었다.

나루터에는 또리 아재가 고기잡이할 때는 쓰는 작은 나룻배가 매여 있었다. 큰손님과 또리 아재는 주저 없이 배에 올라탔다.

"어서 타거라!"

또리 아재가 말하며 선착장 나무 기둥에 묶어 두었던 뱃줄을
풀었다. 다미가 얼른 배에 오르자, 곧바로 나룻배가 선착장을 떠
났다. 그러자마자 배의 앞머리에 앉은 큰손님이 입을 열었다.

"다미라 한다지? 네가 요리에 진심이라 들었다. 흑임자 다식도
네가 만들었고, 탕화라 했던가? 그것도 네가 만들었다던데."

"…!"

다미가 얼결에 대답을 하려고 입술을 움찔했지만, 말은 나오지
않았다.

"네 손길을 빌려야겠다. 보답을 후하게 할 것이다."

불안감은 더해졌다. 앞뒤 없이, '무조건 해야 한다'라는 뜻으로
들렸기 때문이다. 말을 퍼트릴 일이 없다고 말하던 파주댁의 말
도 떠올랐는데, 무슨 은밀한 일에 엮인 게 아닌가 싶은 생각마저
들었다. 그래서 또 아버지의 일이 생각나 오금이 저렸다. 다미는
배 뒷머리에서 큰손님과 눈도 마주치지 못한 채 듣고만 있어야
했다. 어딜 가는지라도 묻고 싶었으나, 용기가 나지 않았다.

그런데 그때, 마치 다미의 속마음을 읽기라도 한 듯, 그때까지
입을 다물고 있던 또리 아재가 말했다.

"마음 놓거라. 여유당*에 간다."

---

* 정약용의 생가.

"네?"

얼결에 짧게 되물었다. 다미는 눈을 크게 뜨고 또리 아재를 쳐다보았다.

"일전에 뵙지 않았느냐? 다산 어른 말이다."

그제야 다미는 다산의 얼굴이 떠올랐다. 그래서 자신도 모르게 고개를 끄덕였다. 그걸 보더니 다시 큰손님이 입을 열었다.

"뵌 적이 있다니, 그것도 인연이라면 인연이구나. 그렇다면 더 잘되었다. 내가 그 댁에 큰 신세를 지기도 했고 대감마님은 내가 오래전부터 믿고 의지하는 분이시다. 어쩌다가 집안이 평지풍파에 휘말려 지금은 육신조차 제대로 보존하기 힘드시다니…. 그리하여 내가 주모에게 부탁하였다. 자주 그 댁에 사람을 보내 대감마님 좀 챙겨 드리라고 말이다."

큰손님은 묻지도 않은 말을 했다. 다미는 가만히 귀를 기울였다.

"한데 세월이 수상하니, 알지 못하는 사람들이 역모를 한 집안이니, 야소교를 믿는 집안이니 하면서 드나들기를 꺼린다 들었다. 아직 네가 어떤 아이인지 알 수는 없으나, 주모가 주저 없이 너를 보내겠다고 했으니, 믿어 보겠다. 네가 성심껏 일해 준다면 아까 한 말대로 보답을 할 것이다."

큰손님의 말이 다미 귀에는 점점 더 어렵게만 들렸다. 그 바람에 생각이 더 많아졌다.

배는 곧 강을 따라 아래쪽으로 흐르다가 지천으로 들어가자마자 모래가 깔린 폭 좁은 강가에 닿았다. 물가에 버드나무가 줄지어 서 있었다. 배를 댄 또리 아재는 뱃줄을 버드나무에 묶어 놓고 지게를 지고 배에서 내렸다. 그리고 야트막한 언덕을 올라갔다.

곧바로 오래된 기와집이 눈에 들어왔다. 큰손님은 그 앞으로 가더니 큰 소리로 외쳤다.

"이리 오너라!"

목소리가 집 안쪽으로 길게 울려 나갔다. 다미가 큰 숨을 대여섯 번쯤 몰아쉬었을 때, 대문이 열렸다.

누군가가 가야 할 길이라면

"이 계집애가 또 어딜 간 게야? 어휴! 속 터져!"

얼추 정오 무렵이 되었고 주막에 손님이 밀려들기 시작했다. 파주댁은 누구에게랄 것도 없이 호통을 쳤다. 다미는 국그릇을 나르다가 말고 우뚝 멈추었다. 제풀에 놀라 눈치를 보며 얼른 평상에 국그릇을 내려놓고 돌아섰다. 파주댁은 그새 표정을 바꾸어 손님들을 평상으로, 본채 대청마루로 안내했다. 그러더니 돌아서서 다미에게 말했다.

"넌 아직도 여기서 뭘 하고 있어. 아직 여유당에 안 간 게야?"

"낮 손님은 받고 가도 될 듯해서….."

"또리 아재가 오시까지 오라고 했으니, 어서 가 보거라. 해삼도 그렇고, 삼합을 더 두었다가는 상할지 모르니까 서두르는 게 좋겠다."

그 바람에 다미는 하는 수 없이 쟁반을 내려놓았다. 그리고 부엌 구석에 놓인 보퉁이를 집어 들었다. 그 안에는 이른 아침 손질해 석작에 담아 둔 해삼과 홍합, 그리고 소고기가 들어 있었다. 아침에 배꾼 하나가, 큰손님이 가져다주라 했다며 놓고 간 것이다. 생각할수록 큰손님의 위세가 대단하다는 생각이 들었다. 하긴 수향의 말에 따르면 큰손님이 이틀 동안 통째로 주막을 빌리는 대신, 보름치 손님이 먹을 밥값을 한꺼번에 냈다고 하니 말 그대로 큰손님이 아닐 수 없었다. 그러니 여유당을 잘 살피라는 부탁을 거절할 수 없는 것은 당연했다.

파주댁은 해삼과 홍합, 소고기를 보더니, 다미에게 "삼합미음을 끓여 드리려무나!" 했다.

다미는 보퉁이를 들고 부엌을 나섰다. 그때 또 한 번 파주댁이 투덜거리는 소리가 들렸다.

"하! 이놈의 계집애 들어오기만 해 봐, 어디!"

쨍한 목소리가 막 주막을 나서는 다미의 뒤통수를 때렸다. 그 바람에 또 주춤거렸지만 어쩔 수 없었다. 일단 언덕길 아래로 내려갔다. 마침 배가 또 들어왔는지 한 무리의 배꾼과 상인들이 주막거리로 몰려들었다. 다미는 그들을 피해 길 한쪽으로 비켜 잰걸음을 놀렸다.

언덕길 아래로 내려가 왼편에 보이는 선착장을 힐끗 쳐다보고 연꽃밭을 지났다. 문득 그 연꽃밭 너머에서 수향을 기다리던 선비가 생각났다.

'아마 그 선비 때문일 것이야!'

다미는 문득 그런 생각이 들었다.

얼마 전부터, 수향은 밤마다 파주댁과 싸웠다. 아무래도 수향의 밤마실이 잦아진 탓이었다. 어떤 날은 새벽이 가까운 시간이 되어서야 들어오기도 했다. 그럴 때마다 파주댁은 큰소리를 내며 나무랐고, 뒤채 문 앞까지 따라와 잔소리를 늘어놓곤 했다. "이물스러운 짓 좀 그만하고 엄마를 생각해라", "음식 배우고 장사 익히면 따로 주막이라도 내 줄 테니, 제발 정신 좀 차려라", "다 큰 처녀가 밤이슬 맞으며 돌아다니면 좋을 게 하나도 없다" 등등.

그럴 때면 수향은 "그놈의 국밥 냄새만 맡아도 지긋지긋한데 무슨 주막이야!", "어차피 계집년 팔자 뒤웅박 팔잔데, 차라리 양반댁 첩이 낫지"라면서 문 앞에 쪼그리고 앉아 아무 말이나 뱉어내곤 했다. 그러다가 엊그제부터는 돈을 두고 싸웠다. 수향이 느닷없이 따로 장사를 해 보겠다며 그동안 받지 못한 새경을 달라고 했고, 파주댁은 "네가 받을 새경은 네 엄마한테 다 돌아갔다"며 어림도 없는 소리 말라며 일갈했다. 그런 수향을 두고 일하는 어멈 몇몇도 말이 많았다. "저것이 아무래도 바람이 들어도 아주 단단히 들었나 보다. 혹시 고 계집애가 사내놈이라도 만나는 거 아니여?" 했다. 다미는 그때 문득 수향이 연꽃밭에서 만난 도령이 생각났지만, 차마 말할 수가 없었다.

그즈음, 강 쪽에서 더운 바람이 훅 불어와 머리를 털었다. 그 바람에 생각은 흩어졌고, 다미는 헝클어진 잔머리를 귀 뒤로 넘겼다. 그리고 부지런히 걸었다.

연꽃밭을 지나자 부쩍 더 자란 듯한 큰 버드나무가 보였다. 그리고 또리 아재의 집 앞에 다다랐을 때, 문밖에 서성이고 있는 또리 아재가 보였다. 또리 아재는 다미가 가까이 다가가자 따르라는 듯 등을 돌리고 걸었다. 다미는 또리 아재를 따라 잡풀과 억새가 잔뜩 올라온 강변길을 따라 선착장 쪽으로 향했다.

여유당에 가는 것이 벌써 네 번째인데도 익숙하지 않았다. 물론 네 번 다닌 길이 매일 다니는 길처럼 느껴질 리 없었지만, 번번이 낯설었다.

"그래, 오늘은 무얼 해 드리라고 하더냐?"

배에 올라 노를 젓기 시작한 또리 아재가 물었다.

"오늘은 삼합미음을 끓여 드리려 합니다."

"삼합이라니? 이런 계절에 해삼에 홍합을 구해 왔더란 말이냐? 어떻게?"

"저야 알 수 없는 일이지요."

"하긴 김무생이 그자라면 못 구할 게 없지. 배를 타고 강길이며 바닷길 안 다녀 본 데가 없으니까."

또리 아재는 처음엔 놀라는 듯하다가 고개를 끄덕였다.

"도대체 그분은…?"

다미는 입을 떼었다가 얼버무렸다. 무얼 질문하려던 건 아니었다. 그저 자신도 모르게 대꾸하려던 게 물음이 되어 버렸다. 그런데 그걸 어떻게 받아들였는지 또리 아재가 문득 다산의 이야기를 먼저 꺼냈다.

"글쎄. 내가 알기로는 김무생이란 자가 한낱 장돌뱅이였을 때 다산 어른께 큰 은혜를 입었다 들었다. 수원에서 화성을 쌓을 때라던가, 어쩐 일로 다 죽게 된 김무생을 다산 어른께서 살리셨다더라."

"…?"

"김무생은 그런 뒤에 청나라를 오가며 장사를 하더니, 어느새 큰 장사꾼이 돼서 조운선도 갖게 되었지. 그리고 해마다 몇 번은 이곳에 다산 어르신을 찾아온단다. 그저 장사꾼에 불과하다 생각할지 모르지만, 도리를 아는 사람이고 세상을 보는 안목도 아주 높은 사람이더구나."

그 말에 다미는, 김무생이 다산을 향해 땅바닥에 머리를 대고 큰절을 올리던 모습이 떠올랐다. 그런데 또리 아재의 말 중에 문득 궁금한 것이 있었다.

"안목이라니, 그건 무슨 말씀이신지?"

"이곳 두물머리에는 주막만 수십 개인데 왜 하필 파주댁만 찾는지 아느냐? 음식 맛이지. 남다르더란다. 나한테도 찾아와서 잡은 물고기 중에서 가장 싱싱한 놈으로 내달라 부탁하곤 했다. 물론 값도 두 배로 쳐주고 말이다."

"저는 사내들이란 그저 술과 고기면 다 좋아하는 줄 알았어요."

"허허! 우리처럼 농사나 짓고 한곳에 사는 사람들이야 그럴지도 모르지. 그렇지만 뱃사람들이나 장사꾼들은 조선 팔도를 돌아다니지 않느냐? 그럼 온갖 음식을 다 먹어 볼 테고. 또 그중에서도 맛 좋은 집을 찾아가겠지. 또 언제 올지 모르니 말이다. 사람의 마음이란 게 그렇지 않더냐? 게다가 배꾼들은 언제 배가 뒤집혀 죽을지 모른다며 먹기라도 잘 먹어야 한다는 생각도 하고 말이다. 그래서 이리저리 떠도는 사람들일수록 입맛이 까다롭지."

그쯤에서 숨이 찬지 또리 아재는 잠시 말을 멈추었다. 또리 아재의 어깨 너머로 여유당의 기와지붕이 보이기 시작했다. 다미는 너른 강 이편저편을 휘돌아본 다음 다시 또리 아재를 쳐다보았다. 또리 아재가 말을 이었다.

"파주댁이 그런 말을 하더구나. 장사꾼이나 배꾼들은 그저 지나치는 사람들이라 아무렇게 대접하면 된다고 생각하기 쉽지만, 그 반대라고. 도리어 세상을 돌아다니는 사람들이라 입소문을 내고 그러다 보면, 어쩌다 이곳을 지날 때 반드시 다시 찾아온다고 말이다. 제가 가진 재주라고는 그저 국밥 말고 음식 몇 가지 만드는 것뿐인데 그것이라도 소홀히 하면 어찌 먹고사느냐고 말야."

"네?"

"다산 어르신도 그랬다. 누구나 뭐든 하나씩은 재주를 가지고 태어난다며, 그에 대한 믿음이 있다면 어디서든 뜻을 펼칠 수 있다고."

"…"

"그래. 우리 같은 천한 것들에게는 믿기지 않는 이야기지만, 가만 생각해 보면 나도 이렇게 물고기 잡고 노 젓는 재주로 먹고는 사니까 옳은 말 같기도 하고…"

조금은 알 것 같았다. 다미는 또리 아재의 말에 고개를 끄덕였다. 어쩌면 빙허각의 말이 떠올라서 그런지도 몰랐다.

그사이 배는 선착장에 닿았다. 여유당이 눈앞에 확 드러났고, 금세 배가 뭍에 닿았다. 다미는 자신도 모르게 서둘렀다. 또리 아재보다 두어 걸음 앞서 여유당으로 향했다.

삼합미음을 담아 올린 소반을 몸종이 들고 들어간 다음에야 다미는 긴 숨을 몰아쉬었다. 고작 죽을 쑤었을 뿐인데도 왜인지 온몸의 기운을 다 쓴 느낌이 들었다. 다미는 부엌에서 나와 돌아갈 채비를 차렸다. 들고 왔던 석작을 다시 보퉁이에 싸서 마당을 가로질렀다.

"벌써 가려느냐?"

마당 한쪽의 느티나무 아래를 지날 때였다. 뒤쪽에서 들리는 목소리에 다미는 걸음을 멈추었다. 돌아보니 다산이었다. 다미는 다소곳이 고개를 숙였다.

"장 서방은 해 질 무렵에나 온다 했으니, 잠깐 시간이 있을 듯 하구나."

다미가 대답이 없자, 다산이 말했다. 다미는 또리 아재가 장 씨임을 그제야 알았다. 다산은 곧 느티나무 옆을 돌아 별채 쪽으로 찬찬히 걸어갔다. 다미는 따라오란 소린 듯싶어서 다산과 거리를 두고 걸어갔다.

다산은 별채의 툇마루에 한쪽에 올라앉았다. 그리고 마당에 서 있는 다미에게 말했다.

"너도 게 앉거라."

"여기가 편합니다."

"차를 서서 마실 수는 없지 않으냐?"

그러고 보니 한쪽에 작은 다기가 놓인 찻상이 눈에 띄었다. 다미는 주춤거리다가 댓돌 위로 올라가 툇마루에 살짝 걸터앉았다.

그러자 다산은 다관을 들어 조금 큰 대접에 찻물을 따랐다가 다시 초록빛이 감도는 잔에 부었다. 그때, 익숙한 차향이 코로 스며들었다. 빙허각의 차밭에서 맡았던 그 향기였다. 그 바람에 다미는 다시 한번 머뭇거리다가 천천히 찻잔을 두 손으로 받쳐 들었다. 그리고 살짝 입에 대었다. 따뜻한 온기가 입술에, 쌉쌀한 맛이 혀에 닿았다. 그 순간, 더더욱 빙허각의 차밭이 생각났다. 갑자기 가슴이 뜨거워졌다. 자꾸만 그때의 생각들이 떠올라서였다.

그때 다산이 입을 열었다.

"네가 음식을 만드는 걸 보았다. 묻고 싶은 것이 있어서 보자 했다."

"…?"

무슨 말인가, 싶어서 다미는 다산을 쳐다보았다.

"음식을 만들 때 무슨 생각을 하느냐? 그저 묻는 것이다. 무슨 어려운 답을 내라는 것이… 아니, 그보다 순서가 잘못되었구나. 인사가 늦었다. 네게 고맙다는 말을 하고 싶구나."

"네? 갑자기 무슨 말씀이시온지요?"

"말 그대로다. 네가 해 준 음식을 먹고 부인이 한결 몸이 가벼워졌다는구나. 그런데 너는 궁금하지 않더냐? 왜 구태여 주막집에서 일하는 너까지 이리로 불렀는지 말이다. 청렴해야 할 선비가 할 일이 아니지 않느냐?"

"그건… 김무생 어른이 시킨 일이라 하였습니다. 지금 대감댁 마님도 몸이 성치 않으시다면서…. 게다가 지금은 대감께서 유배 후 돌아오신 뒤로 집안을 살뜰히 살필 노비도 마땅치 않다고 들었습니다."

"그래도 그건 선비의 도리는 아니지. 그래서 지금까지 김무생이 보내온 모든 것을 돌려보내곤 했다. 그런데 내가 너를 마다하지 않은 것은, 그 가수저라라는 것 때문이다."

"네? 가수저라가 어찌…?"

"네가 양이의 음식을 만들려는 것을 보니 궁금하였다. 난 새로운 것에도 관심이 많고 그렇게 무엇이든 새로운 것을 자꾸 해 보려는 사람을 좋아한단다. 그래서 묻고 싶었다. 그런 사람들이 많아야 세상이 좋아지기 때문이지."

다미는 무슨 말인지 알 수가 없어서 그저 고개만 끄덕였다. 그러자 다산이 다시 물었다.

"그래서 완성했느냐?"

"아, 아직 제대로 되지를 않습니다. 무엇이 문제인지 아직도 찾지 못하였습니다."

"그럼 탕화는 어찌 되었느냐?"

"그것도 아직…."

다미는 고개를 숙였다. 왠지 훈장님에게 꾸중 듣는 도령의 심정이 이럴까, 싶은 생각이 들었다. 하지만 다산은 인자한 미소로 답했다.

"괜찮다. 아무런 바탕도 없이 어찌 처음부터 잘되겠느냐? 하고 또 하다 보면 되는 것이지. 새로운 것을 해 보겠다고 나서는 용기가 더 필요한 때다. 아무것도 하지 않으면 아무런 일도 일어나지 않는다는 말이 있지 않으냐?"

순간 언젠가 엄마가 했던 말이 스쳐 지나갔다. "아무 일도 안 하면서 무슨 천지개벽을 바란단 말이에요?"라던 그 말이 소용돌

이치듯 머릿속을 휘저었다. 다미는 자신도 모르게 고개를 들고 다산을 쳐다보았다. 그는 차를 한 모금 마시더니 강 쪽의 먼 하늘을 바라보았다.

다미는 찻잔에 남은 쓴 물을 반쯤 꿀꺽 삼키고 떨리는 두 손을 맞잡은 다음, 조심스레 입을 열었다.

"제가 만든 음식을 먹는 사람이 병자이거나 허약한 사람이라면, 얼른 먹고 나았으면 좋겠고, 배고픈 사람이라면 넉넉하게 배가 불렀으면 좋겠고, 책을 읽는 선비라면 머리가 환해지면 좋겠고, 밭 가는 농부라면 힘이 불끈 솟았으면 좋겠고, 아이라면 쑥쑥 자라면 좋겠고…."

다미의 말에 다산의 미소가 더 환해졌다. 오히려 그것이 더 당황스러워서 다미는 얼른 뒷말을 이었다.

"하오나, 처음부터 그리 생각한 것은 아닙니다. 처음엔 그저 어미를 따라 했고, 어미가 솜씨가 있다 해서 그저 음식 만드는 것이 재미있었는데, 아비가 깊은 병에 걸려 살리고자 했을 뿐입니다. 하온데 제게 은혜를 베풀어 주신 분이 '너의 손끝을 믿어라!' 하시었습니다. 그래서 보잘것없으나, 할 줄 아는 게 그것뿐이라 자꾸만 남이 하지 않았던 음식을 만들어 보고 싶었을 뿐입니다."

"그래서 너는 지금 너의 손끝을 믿고 있느냐?"

다산은 숨차게 대답한 다미의 말이 끝나자마자 물었다. 흥미롭다는 표정이었다.

"아닙니다. 그저 믿지 못하여 자꾸만 해 보고 또 해 볼 참입니다. 저는 그 용기란 것도 없어서 그저….."

"아니다. 너는 이미 용기를 내었다. 용기를 내었으니 자꾸 하려는 것이다. 용기를 내지 못하면 아무도 하지 않은 일을 할 수 없지. 설사 실패하더라도 그것은 가치 있는 일이다."

"어째서 그렇습니까?"

다미는 자신도 모르게 물었다.

"설사 실패했더라도 무엇이든 하려 했다는 흔적이 남고, 그것이 누군가에게는 기억되고, 기록될 것이니 말이다."

"…?"

"혹여 네가 실패하더라도 그 이후에 또 다른 누군가가 네가 갔던 길을 가게 될 것이고, 그 길은 네가 가려 했던 길보다 수월할 것이다. 처음 용기를 내는 것이 그래서 어렵고 힘든 일인 것이지. 뿐만 아니라 아주 값어치 있는 일이란다."

다미는 가만히 다산의 얼굴을 쳐다보았다. 그의 낮으나 또렷한 음성이 귓가에 남아 반복되어 들렸다. 그런데 그때 문득, 다미는 다산의 그 말이 다산 자신을 두고 하는 말인 게 아닌가, 하는 생각이 들기도 했다. 다산에 대해서 자세히 알지는 못하지만, 유배를 당하기 전에 그가 했던 일이며, 유배지에서도 수없이 많은 책을 쓴 원동력이 바로 그 용기란 것이 아닐까, 싶어서였다.

다산이 이어서 말했다.

"남들이 하지 않은 것을 해 보려는 용기야말로 새 세상을 열어 보려는 것과 무엇이 다르겠느냐? 어떠냐? 네가 가수저라를 온전히 만들 수 있다면, 그것이 너에게 새로운 세상을 만들어 줄지 어찌 알겠느냐?"

나의 이름으로 살기 위해서

"아이고! 허리가 끊어지네, 끊어져!"

"이럴 때 수향이란 년이라도 있으면 얼마나 좋아."

일 어멈 둘이 허리를 펴고 일어나며 소리를 높였다. 며칠째 주막에 나타나지도 않는 수향을 욕하고 있었지만, 그 소리를 듣자마자 다미는 가슴이 뜨끔했다.

"제가 공연한 일을 저질렀나 봐요."

도둑이 제 발 저리듯, 다미는 열댓 걸음 저편에서 연잎을 따는 일 어멈 둘을 향해 말했다.

"아니여! 파주댁이 좋다고 했잖여. 우리 품삯도 더 쳐준다고 했으니 된 거여!"

또 다른 일 어멈이 소쿠리에 연잎을 따 넣으며 말했다. 그리고는 또 수향 욕을 한바탕 해 댔다.

"수향이 고년은 바람난 게 틀림없어."

"그랴. 웬 놈팡이랑 밤마실 다니는 걸 봤다는 사람이 한둘이 아니여! 사내가 뭔 장사치라던데?"

"왜 자꾸 파주댁한테 돈을 달라는 거여. 둘이 야반도주라도 한다는 겨?"

그 말에 다미는 연꽃밭에서 만났던 통통한 선비가 기억났다. 하지만 머리를 흔들어 생각을 털어 냈다. 그리고 부지런히 연잎을 땄다.

일을 벌인 건 다미였다.

엊그제 큰손님이 다시 와서 파주댁에게 부탁을 했다. 이번에는 제물포를 지나 서해로 나간다는 것인데, 배 안에서 먹을 두 끼를 해결해야 한다면서 도시락을 부탁했다. 하지만 파주댁은 난색을 표했다. 밥이야 얼마든지 할 수 있고, 국도 끓일 수 있지만, 국을 옮겨 담을 항아리를 당장 구하기도 어렵고, 그뿐만 아니라 여름이라 밥이 금방 상할 것이니 방법이 없다며 거절했다.

큰손님은 천하의 파주댁이 못 하는 게 다 있냐며 농을 하듯 진담을 했는데, 그때 일 어멈들은 하나같이 주먹밥밖에 없겠다며 거들었다. 하지만 큰손님은, 이번엔 배에 관리들이 함께 타고, 또 선원들에게도 허름한 밥을 줄 수 없다고 고집을 부렸다.

그때 다미의 머릿속에 떠오른 게 있었다. 여유당, 아니 또리 아재의 집 쪽으로 가다 보면 늘 만나는 연꽃밭이 머릿속에 스쳤던 것이다. 다미는 얼결에 나서서 말했다.

"연잎밥이면 어떨까요? 딱히 어려울 것도 없습니다. 잡곡을 불려 연잎에 싼 다음 찌면 됩니다. 물에 끓여 한 밥보다 덜 상하고, 바람만 잘 통하는 곳에 두면 하루는 충분히 견딜 수 있을 거예요."

《규합총서》에서도 보았고, 언젠가 엄마도 한 적이 있었기에 기억이 났다.

그러자 파주댁은 "옳거니!" 했다. 사찰에서 가끔 해서 먹는 걸 보았다며, 좋은 생각이라고 거들었다. 듣고 있던 큰손님도, 뭔지는 모르겠지만 궁금하다며 미소를 지었다. 잘만 되면 톡톡히 밥값을 치르겠다고 소리쳤다.

그 바람에 졸지에 다미는 일 어멈들과 함께 연잎을 따야 했다.

"연잎은 너무 큰 것 말고 자기 얼굴만 한 것만 따시면 돼요. 배에 타는 사람들이 모두 스물다섯 명이라고 했으니, 쉰 장이면 두 끼 분량이 되겠어요. 넉넉히 일흔 장 정도만 따기로 해요."

그렇게 반나절 동안 연잎을 땄다. 연잎은 많았지만, 되도록 구멍이 나지 않고 깨끗한 것이어야 해서 시간이 꽤 걸렸다.

연잎을 따서 주막으로 돌아올 때는 다미도 허리가 아팠다. 그래서 일 어멈들에게 자꾸 미안한 마음이 들었다.

다미는 주막에 돌아오자마자 제가 먼저 서둘렀다. 일을 저질렀으니 책임을 져야 한다는 마음이 들어서였다. 다행히 파주댁이 가마솥마다 쌀과 콩, 그리고 좁쌀과 마른 대추까지 불려 놓은 터였다. 다미는 따 온 연잎을 깨끗이 씻었다. 그리고 부엌으로 가지고 들어가 부뚜막 위에 잘 포개 놓았다. 그리고 쌀과 잡곡들이 잘 불고 있는지 확인도 했다.

그런데 그즈음이었다. 바깥쪽에서 파주댁이 누군가와 두런거리는 목소리가 들렸다. 다미는 그냥 그러려니 하고 불 땔 준비를 하고 있는데, 잠시 부엌문 앞이 어두워졌다. 다미가 얼결에 고개를 돌렸다. 뜻밖에도 거기에 조 상궁이 서 있었다.

"…!"

얼결에 입술을 움찔거리긴 했는데, 아무 말도 나오지 않았다. 다미는 자신도 모르게 한순간 숨이 딱 멎고 말았다.

"더운데 뭘 하고 있는 것이냐? 손님도 없는데…?"

조 상궁은 마치 나무라듯, 그리고 매일 보는 사람처럼 말했다. 그러나 목소리에 약간 거친 숨이 묻어 있었다. 선착장에서부터 언덕길을 서둘러 올라왔단 뜻이었다.

"네, 저는 별일…."

"그래. 너라도 별일 없으면 됐다."

"네? 그게 무슨…?"

다미는 자신도 모르게 자꾸만 말끝을 맺지 못했다. 입안이 바싹 탔다. 조 상궁의 표정을 살피려 했지만, 밝은 쪽을 등지고 선 조 상궁의 얼굴은 잘 보이지 않았다. 그 때문에 무슨 말을 하려는지 알 수 없었다. 다만 조 상궁이 직접 여기까지 온 것이라면, 아버지에 관한 일일 터였다. 그래서 다미가 먼저 말을 꺼냈다.

"아버지는 무사하신가요?"

"그보다… 네가 바라던 대로 궁궐에 들어갈 수 있게 됐다. 다만 내 친가 쪽 먼 일가의 딸로 너를 입양해 두었다. 궁궐로 들어가는 일이 이웃집 문턱 넘나들 듯 할 수 있는 게 아니라 어쩔 수 없었다. 너무 섭섭해하지 말거라."

조 상궁은 다미의 말을 잡아채듯 다른 대답을 했다. 다미는 자신도 모르게 고개를 끄덕였다. 하긴 예전부터 들은 말이 있었다. 하찮은 무수리가 되는 일에도 신분을 따지고 가문을 따진다고. 그러므로 조 상궁은 그런 것까지 충분히 고려했을 터였다. 이해되고 남았다. 그러나 지금 그걸 기뻐해야 할지 알 수 없었다. 더 궁금한 게 있었다. 그래서 다시 물었다.

"아버지는 어찌 되셨나요?"

기다렸단 듯이 조 상궁이 부엌 안으로 들어왔다. 그러고는 다가와 다미를 가만히 끌어안았다. 그리고 토닥이며 말했다.

"미안하구나. 어떻게든 해 보려 했지만, 내 힘으로는 어쩔 수가 없었다."

조 상궁은 다미의 어깨를 꼭 안은 채 말했다. 그 말을 듣는 순간, 온몸의 기운이 쭉 빠져 버렸다. 다미는 그 자리에 풀썩 주저앉고 말았다. 그러자 조 상궁이 따라 앉아 다미의 어깨를 붙잡았고, 파주댁이 달려와 자꾸만 옆으로 쓰러지려는 다미를 안아 주었다.

한참 동안 다미는 울지도 못하고 그냥 멍하니 벽만 쳐다보았다.

"그래도 네 아버지가 네 앞길을 열어 주고 가셨으니 얼마나 다행이냐. 그리 생각하거라."

다독이던 파주댁이 담담하게 말했다. 무슨 뜻으로 한 말인지는 알 수 없었지만, 그 말은 그다지 위로가 되지 않았다.

"그래도 다행히 사람을 써서 네 아비의 시신은 수습했다. 서소문 네거리엔 아직도 수습 못 한 시신이 즐비하더란다."

"죽일 놈들! 뼈를 갈아 마셔도 시원치 않을 놈들! 그게 무슨 대역죄라도 된다고!"

다미를 끌어안은 채 조 상궁과 파주댁이 이런저런 말을 주고받았다. 그리고 그 말들은 자꾸만 다미의 귓속에서 멀어졌다. 그러다가 나중에는 아무런 소리도 들리지 않았다.

집 안마당으로 나른한 햇살이 들이찼다. 부엌에서 나온 다미는 툇마루에 나란히 앉아 해바라기를 보고 있는 아버지와 엄마에게 다가갔다.

"가수저라를 드시겠어요?"

다미가 묻자 아버지가 고개를 끄덕였다. 옆에 앉은 엄마가 미소를 지었다. 다미는 갓 구운 가수저라 한 덩이를 두 사람 앞에 내

놓았다. 고소한 냄새가 먼저 코를 찔렀다. 아버지와 엄마는 젓가락을 들어 가수저라의 한 귀퉁이를 잘라 입에 넣었다. 긴가민가하던 엄마의 얼굴이 활짝 피었다.

"아주 달콤하구나. 내 평생 음식 좀 한다는 소리 듣고 살았는데, 이런 음식은 처음이구나."

엄마가 가수저라를 오물거리면서 말했다. 다미는 미소를 지으며, 미리 준비해 두었던 찻상을 내왔다. 그리고 작은 찻잔에 차를 따랐다. 언젠가 한강 변에서 맡았던 차 냄새가 코끝을 간질였다. 차향은 고소한 가수저라의 냄새와 함께 묘하게 어우러졌다. 그때, 무뚝뚝한 아버지마저 한마디 거들었다.

"네 엄마를 닮아서 손맛을 낼 줄 아는구나."

그러다가 문득 아버지와 엄마가 일어났다. 이제 가 봐야지. 그래서 다미는 깜짝 놀라, 어디를 가는지 물었다. 하지만 두 사람은 대답도 없이 찬찬히 문밖을 나섰다. 달려 나가 잡아보았지만, 잡을 수가 없었다. 아무리 따라가도 손에 잡히지 않았다.

"아버지! 엄마!"

다미는 소리쳐 불렀다. 수십 번을 더 불렀지만, 아버지와 엄마는 자꾸만 멀어져 갔다.

"이제 정신이 드는 게야?"

씀벅거리다가 눈을 떴을 때, 조 상궁의 얼굴이 보였다. 조금 고개를 돌리자 대청 끝에 파주댁이 앉아 있었다.

다미는 벌떡 일어났다. 머리가 핑 돌았다.

"어쩌려고?"

"…."

일어나긴 했지만 다미는 무얼 해야 좋을지 몰라 잠시 허둥댔다. 그때 기척을 느낀 파주댁이 던지듯 말했다.

"그래. 아버지한테 마지막 인사는 해야지. 궁궐에 들어가려면 준비도 해야 하고…. 그래도 며칠, 아니 하루만 더 있다가 가거라. 그간 나눈 정도 있는데…."

아쉬움인지 안쓰러움인지 알 수 없는 투로 파주댁이 말했다. 다미는 다시 털썩 주저앉을 뻔했다. 하지만 가까스로 발끝에 힘을 주고 걸었다. 그리고 뒤채로 갔다. 몇 번 크게 숨을 들이쉬고 내쉬기를 반복했다. 그런 다음 반닫이를 열고 옷가지를 꺼내 보따리를 쌌다.

"정말 지금 갈 테냐?"

따라 들어온 조 상궁이 물었다.

"어차피 가야 하잖아요. 언제까지 여기에 머무를 수도 없고…."

다미는 담담한 척하며 말했다.

"네 마음 추스를 때까지 더 있어도 된다. 파주댁에게는 말해 놓았어. 궁궐에 들어가는 것도 당장 급한 것은 아니니까."

"아니에요. 차라리…."

다미는 입을 열었다가 닫았다. 자신이 하려던 말이 무언지 정확히 판단이 서지 않아서였다. 빨리 궁궐로 들어가고 싶어서인지, 아버지의 묘에라도 가고 싶은 건지.

그때 무슨 생각에서인지 조 상궁이 말했다.

"그래. 알았다. 해 질 무렵에 용산진으로 가는 배가 있다니까 그걸 타고 가자꾸나. 나는 파주댁과 잠시 이야기 좀 나눌 테니 준비하고 나오너라."

그리고 조 상궁은 먼저 방을 나갔다. 다미는 다시 주저앉았다.

눈물이 쏟아졌다. 아까까지만 해도 그저 눈시울이 따갑기만 했는데, 현실감이 나지 않아서 놀라기만 했을 뿐인데. 다미는 참으려 했지만, 눈물은 멎지 않았다. 나중에는 꺼억꺼억, 소리를 내며 울었다. 금세 방바닥이 젖었고 숨이 거칠어졌다. 아버지를 불러 댔고, 엄마를 소리쳐 불렀다. 그러나 아무도 나타나지 않았다.

그런 채로 꽤 시간이 지났다. 눈물은 어느 정도 마른 듯했지만, 몸은 떨렸다. 아까까지만 해도 더위에 땀이 비 오듯 흘렀는데 어찌 된 일인지 알 수가 없었다. 잠시 후에는 오한이 나기까지 했다. 다미는 일어나지 못하고 쭈그린 채로 내내 몸을 떨었다.

다미는 이틀을 꼬박 앓고 난 뒤에야 주막을 나섰다. 파주댁은 괜찮다는데도 다미의 보따리에 구태여 돈 꾸러미를 넣어 주었다. 보따리는 금세 묵직해졌고, 다미는 더 힘껏 보퉁이를 끌어안았다. 파주댁은 문 앞까지 따라 나와 다미를 안아 주었다.

다미는 조 상궁 바로 옆에서 걸었다. 뒤를 따르려 했지만, 조 상궁은 이틀 동안 먹은 것이 없어서 휘청거리는 다미를 끝끝내 옆에서 부축하며 붙어 걸었다.

해가 서쪽으로 한껏 기울 즈음이 된 두물머리 포구는 비교적 한산했다. 더위 때문인지 오가는 장사치들도 많지 않았다. 포구에 가까운 주막집에만 더러 장사꾼들이 모여 앉아 이야기를 나누고 있었다. 마을 사람들도, 신나게 뛰어놀던 아이들도 보이지 않았다.

조 상궁은 선착장으로 내려가는 길 초입 평상에 앉았다. 커다란 느티나무가 그늘을 만들어 주어 그나마 볕은 피할 수 있었다. 다행히 강바람도 불어와 땀이 조금씩 잦아들었다. 그럴 즈음, 사람들이 배를 타기 위해 모여들었다.

그때쯤 조 상궁이 문득 입을 열었다.

"넌 이제부터 하도*에 사는 조 첨지 막내딸이라고 하면 된다. 이름은 숙연이라 한다. 아비의 이름은 민 자 석 자, 조부의 이름은 정 자 리 자를 쓴다. 고조부는 향리 벼슬을 했고, 증조부는 관아의 이방이었다. 형제로는 위로 오라버니 둘이 있고, 둘은 모두 장사치다. 알겠지?"

"네."

---

* 지금의 경기도 남양주시 화도읍.

"내가 너를 그리 소개할 것이다. 자, 이것 받아라. 그 집안의 내력을 적은 것이니, 반드시 외워 둬야 한다."

그리고 조 상궁은 쪽지 하나를 내밀었다. 다미는 그것을 받아 들고 무심하게 읽었다.

숙연은 함안 조씨 가문에서 태어났다. 그래도 양반 가문에서 자란지라 증조부로부터 언문을 조금 익혔고, 어미로부터 바느질을 배웠다. 형제는 남매로 셋이며 사는 동네는 양주 배나무골이다. 백부와 숙부가 둘 있는데….

그때 문득 다미는 물었다.

"숙연이란 아이는…."

"두 해 전에 돌림병으로 죽었다. 너처럼 야무지고 꼼꼼한 아이였다더라."

그리고 조 상궁은 숨을 길게 뻗어 냈다. 얼마 지나지 않아 처음 두물머리에 올 때 타고 왔던 배만 한 돛배가 선착장으로 들어왔다. 그 배를 바라보면서 조 상궁이 혼잣말처럼 중얼거렸다.

"배가 왔구나."

하지만 다미는 일어나지 않고 입을 열었다.

"이래도 되는 것인가요? 숙연이란 아이도 제 몫의…."

"별수 없지 않으냐? 아니면 네가 궁궐로 들어갈 방법이 없다.

이제 숙연이라는 이름으로 살면 된다. 그리고 어차피 궁궐 안에서 살기 시작하면 이름 같은 건 필요조차 없을 것이야. 하긴 여인네들이야 바깥에 살아도 제 이름으로 불리며 사는 계집이 누가 있단 말이냐?"

조 상궁은 아무 일도 아니라는 듯 말했다.

"숙연!"

문득 다미는 강 너머의 먼 산을 쳐다보면서 그 이름을 되뇌어 보았다.

이제 다미가 아닌 숙연이라는 이름으로 살아야 한다는 사실이 선뜻 와닿지 않았다. 조 상궁의 말이 틀리지 않음에도 이상하게 마음은 더 무거웠다. 그저 누군가 미리 정해 놓은 순서대로 이끌려 가는 느낌이랄까.

"숙연은 어떤 아이였습니까? 더 말해 주세요."

"왜 그게 궁금한 것이냐?"

다미의 질문도 뜬금없게 들렸겠지만, 조 상궁의 되물음도 의외로 차갑게 들렸다.

"이제 제가 그 아이니까요."

"무슨 소리냐? 이제 너는 다미도 아니고, 그 아이도 아니다. 궁녀가 된다는 건 아무것도 아닌 것으로 사는 것이라 하지 않았느냐?"

왜일까. '아무것도 아닌 것으로 사는 것'이라는 말이 다미의 가슴을 찔렀다.

"그럼….."

"네가 그토록 원하던 것이 아니냐? 너 또한 각오했을 터이고! 내 말이 틀렸느냐?"

"맞습니다."

"그런데 왜? 아무것도 아닌 것이라는 말 때문이냐?"

정곡을 찔렸으므로 다미는 아무런 대꾸도 하지 못했다.

"그럼, 궁녀로 사는 게 무어라고 생각했느냐? 궁녀란, 생각이 있어도 없는 듯해야 하고, 재주가 있어도 쓸 수 없다. 따라서 네가 무엇을 하고자 해도 할 수 있는 것이 없다. 본 것을 보았다고 누구에게도 말할 수 없고, 들은 것을 들었다고 말할 수 없다. 그런데 다미가 무슨 소용이고, 숙연이 무슨 소용이란 말이냐?"

갑자기 꾸짖는 듯한 말투였다. 그리고 그 말 때문에, 문득 빙허각의 말이 떠올랐다.

"이제부터는 네 손끝을, 네 입맛과 네가 진심을 다해서 할 수 있는 것들을 믿어라. 그러면 남들이 하지 못한 것들도 할 수 있을 게야. 그리고 그게 너를 살게 해 줄 것이다."

그리고 그 생각이 떠오르자마자 가슴 깊은 속에서 무언가가 북받쳐 올랐다. 뒤미처 다산이 했던 '용기'란 말도 따라 머릿속을 휘저었다.

그때 조 상궁이 먼저 일어나며 말했다.

"일어나거라. 이제 배를 타야 한다."

하지만 다미는 선뜻 일어나지 못했다. 그리고 자신도 모르게 엉뚱한 질문을 했다.

"다른 사람들은 다 무사한가요? 순남 오라버니도 그렇고…."

문득 이게 무슨 오지랖인가 싶었지만, 툭 튀어나온 말을 어쩔 수가 없었다. 그런데 또 어쩌면 당연한 일이기도 했다. 아버지 외엔 유일하게 늘 곁에 있던 사람이었으니까. 그런데 조 상궁의 말이 뜻밖이었다.

"그 집안도 무사할 리가 있겠느냐? 네 집에 문지방이 닳도록 드나들었는데, 끌려가 고초를 당했지. 윤 초시는 옥에 갇혔는데 그이후엔 모르겠다. 순남이는…. 사람들 말로는 동네에서 본 지 한참 되었단다. 어디 가서 구걸하며 산다는 이야기도 있고."

"…?"

"이제 관심 끊어라. 궁궐 바깥의 일은 모두 묻고 가는 거야. 그게 궁궐 안 사람들의 일이다. 자, 어서 가자. 늦겠다."

다미는 일어나지 않았다. 가슴이 싸늘해졌다. 왠지 자책이 됐다. 순남 오라버니의 일마저도 자신의 책임인 것 같은 생각마저 들었다.

'내가 많은 사람을 버렸구나!'

문득 그런 생각에 목에 메었다. 그러자 조 상궁이 다시 물었다.

"어찌 망설이는 게냐? 이곳에서 무슨 일이 있었던 것이야?"

다미는 잠시 대답을 미루었다. 마음을 추슬러야 했다. 긴 숨을 내쉬고 또 내쉬었다. 그러고 나서야 대답했다.

"사람들이 제가 만든 음식이 맛있다, 했습니다."

얼결에 그 말부터 나왔다. 그러자 조 상궁이 곧바로 되물었다.

"무슨 말이냐?"

"그리고 새로운 음식을 만들고 있습니다. 가수저라, 탕화….'

"그건 또 무엇이고?"

"양이의 과자이온데, 왜나라 사람들이 적어 놓은 것을 보았습니다. 가수저라는 《규합총서》에도 나와 있습니다.'

"그래서?"

"빙허각 어른께서 제 손끝을 믿으라 하셨습니다. 예전에는 그 말의 뜻을 알지 못했는데, 이제 조금은 알겠습니다. 그리고 어떤 어르신께서도 새것을 해내려는 용기가 필요하다고 하셨습니다. 아니, 이미 용기를 내는 순간 새 세상이….'

다미는 자신이 무슨 말을 하는지도 모른 채 중얼거렸다. 그예 조 상궁은 고개를 갸웃거리며 다미를 쳐다보았다. 왜인지 조 상궁도 재촉하지 않았다.

잠시 고개를 들었다. 강 저편에 떠 있던 배가 어느새 선착장에 다다라 있었다. 배를 기다리던 사람들이 그쪽으로 걸어가고 있었다. 조 상궁은 그쪽을 한 번 쳐다보더니 물었다.

"그래서 만들었느냐? 조선에서는 아직 만든 사람이 없는 것을?"

"아닙니다. 아직…. 하지만 해 보고 싶습니다."

"그 말은… 다미로 살고 싶은 것이냐?"

다미는 차마 선뜻 네, 하고 대답하지 못했다. 그때, 선착장 쪽에서 배꾼 하나가 나와서 소리쳤다. 얼른 배를 타라는 말 같았다.

"그렇게 살 자신은 있고?"

"없습니다. 다만 어느 분께서 말씀하시기를 용기를 내서 하면 설사 실패한다고 해도 가치 있는 일이라 하셨습니다."

다미는 다산을 떠올리며 대답했다. 조 상궁은 더 생각하지 않고 냉정하게 되물었다.

"그래서 배를 타지 않겠다는 것이냐? 저 배를 타지 않으면 두 번 다시 기회는 오지 않을 게야. 그래도 괜찮으냐?"

"…."

"알았다. 그럼, 돌아가거라. 나 혼자 가마. 언젠가 다시 볼 날이 있을 것이다."

그리고 조 상궁은 몸을 돌렸다. 그때 다미가 말했다.

"부탁이 하나 있습니다. 아비에게 전해 주십시오. 곧 찾아가 뵙겠다고."

그 말에 조 상궁은 고개를 끄덕였다. 그리고 선착장을 향해 걸어갔다. 다미는 어금니를 꽉 깨물고 뒤돌아 다시 주막집을 향해 걸었다.

죽은 자의 도움

또리 아재에게 부탁해서 구리로 된 냄비를 구하긴 했지만, 가수저라를 만드는 건 쉽지 않았다. 탕화도 부석당도 마찬가지였다. 가수저라는 번번이 시커멓게 탔고, 탕화를 만들라치면 설탕물을 졸이고 졸이다가 냄비에 시커먼 단물만 남았다. 그나마 부석당은 얼추 모양이 만들어졌지만, 맛이 달지 않고 씁쓸했다. 보름 동안 번갈아 가며 이것저것 다 해 보았지만, 변죽만 울렸을 뿐 제대로 된 건 없었다.

그러자 파주댁이 지나가는 말로 "하나부터 해 놓고 그다음 걸해 보든지…" 했는데, 그게 낫겠다 싶었다. 그때, 다미는 자신도 모르게 입속으로 외쳤다.

'가수저라!'

무엇이든 하나만 먼저 해낸다면 그다음 것도 길이 보일 거란 생각이 들었다.

그래서 다시 한번 생각해 보았다. 달걀로 거품을 내는 일도 문제없었고, 설당(설탕)을 구하기 어려울 때는 하물며 편청*을 넣어도 얼추 맛은 낼 수 있다는 것쯤은 터득했다. 자꾸만 냄비에 들러붙는 것도 오미자 기름을 발라 보았더니 조금은 해결이 됐다. 그러나 불 속에 집어넣기만 하면 타기 일쑤였다. 그래서 얼른 화로에서 빼냈더니 또 안쪽이 덜 익기도 했다. 마지막 남은 문제는 시간을 조절하는 일이었다. 그런데 그게 어려웠다.

국밥이든 수육이든, 웬만한 음식들은 대략 한나절이랄지, 한시진이랄지 끓이면 됐고, 그 정도는 그저 감으로도 맞출 수 있었는데, 가수저라는 경각에도 타거나 덜 구워지기 일쑤였다. 더구나 구리 냄비가 무쇠솥보다 열에 더 빨리 달구어지기 때문에 어림잡아 시간을 맞추기란 쉽지 않았다.

다미는 고민 끝에 부엌 안쪽 가장 작은 아궁이 벽 위에 큰 바가지를 매달았다. 그리고 가운데에 작은 구멍을 뚫었다. 그 밑에는 대통을 놓고, 대통 안쪽에 일정한 간격으로 금을 그었다. 그리고 그 금이 지워지지 않도록 풀물을 들였다. 시간을 계산해 볼 참이었다. 만든 모양새가 혜성혜성했지만, 그런대로 쓸 만했다.

일단 구리 냄비를 화로 안에 넣은 뒤에 바가지에서 똑똑 떨어뜨린 물이 대통 아래서부터 일곱 눈금까지 채워졌을 때 꺼냈다.

---

* 떡을 찍어 먹는 꿀.

그러자 속이 덜 익었고, 열두 눈금까지 채워질 때까지 굽자 절반이 타 버렸다. 그리고 열 번째 눈금까지 왔을 때 꺼내자 비교적 겉은 거무스름하게 그리고 안쪽은 노랗게 익었다.

"됐이요! 이거예요!"

다미는 가수저라를 꺼내 접시에 받쳐 들고 파주댁에게 갔다.

"아이고, 애도 제정신이 아닌가 보네! 이런 날 부엌에 뭐 하는 거여! 땀으로 목욕을 했구먼?"

손님 없는 대청마루에 걸터앉아 수다를 떨던 일 어멈 하나가 소리를 높였다. 그러고 보니 땀이 뺨에 흐르고 등줄기까지 흘러내리는 것이 느껴졌다. 하긴 7월의 한중간이었다. 더구나 며칠째 하늘은 구름 한 점 없이 파랬고, 그 때문인지 해가 서녘으로 꽤 넘어갔는데도 더위가 여전했다.

"틀린 말은 아니지. 수향이란 년도 미쳤고, 저것도 미치긴 혔지."

"그래도 쟤는 옳게 미친 거 아녀!"

파주댁이 거들자 또 다른 일 어멈이 맞장구를 쳤다. 문득 밤마실도 여전하고, 여전히 하루걸러 한 번씩은 대낮에도 말도 없이 사라졌다가 나타나는 수향이 생각났다. 물론 그동안에도 또 돈이 어떻고 하면서 파주댁이 꾸중을 했었다. 그러면 수향은 어느 샌가 주막을 빠져나갔다가 밤에, 또는 이튿날 새벽에 돌아오곤 했다.

"그래서 이제 제대로 만들긴 한 게야?"

다미가 가수저라가 담긴 접시를 대청마루 끝에 놓자, 파주댁이 먼저 손을 댔다. 뒤미처 일 어멈 둘도 네모난 가수저라 한쪽 끝을 떼어 입에 넣었다.

"뭐여? 그러니까 이게 오랑캐 떡이란 거지?"

"양이놈덜이 먹는 거라잖아유."

셋은 우물거렸다. 파주댁은 고개를 끄덕였고, 일 어멈 둘은 고개를 갸웃거렸다. 그리고 한마디씩 했다.

"이전보다 고소해지고 폭신해졌구나. 단맛도 조금 더해지고 말야."

"근데, 이거 난 입에 안 맞는구먼! 떡이 쫄깃한 맛이 있어야지. 이렇게 푸석거려서야 원!"

"그래도 고소하니, 아그들은 좋아하겠네."

퉁명스럽게 말을 주고받으면서도 파주댁과 일 어멈 둘은 손바닥보다 조금 큰 가수저라를 순식간에 해치웠다. 일 어멈 하나는 야물거리듯 하면서도 끝내는 부스러기까지 핥아 먹었다. 다미는 자신도 모르게 미소를 지었다.

그때 파주댁이 말했다.

"오늘은 그만하고 쉬어라. 그러다 더위 먹겠다."

하지만 다미는 되레 물었다.

"혹시 이따가 여유당에 다녀와도 되겠습니까?"

"그려라. 오늘은 더 들어온다는 배도 없다는디, 큰손님은 낼이나 온다고 했잖아?"

"그나저나 여유당 그 양반은 다시 벼슬엔 못 나가겄지?"

파주댁이 아닌 일 어멈들이 말을 주고받았다.

"벼슬은 뭔 벼슬이여? 귀양 갔다가 살아 돌아온 것만 혀도 다행이지. 그 양반 형인가, 아우인가 하는 양반은 죽었다던디…"

다미는 일 어멈이 무어라 말하든 파주댁을 쳐다보았다. 빤히 이쪽을 쳐다보는 파주댁의 눈빛이 촉촉했다. 그게 무슨 뜻인지 알 것 같았다.

'괜찮니?'

파주댁이 그렇게 묻고 있는 듯했다. 그 때문에 다미는 가슴속이 다시금 타들어 가는 느낌이 들었다. 하지만 입을 앙다물었다. 그러자 다행히 가슴이 진정됐다. 그래야 했다.

두물머리로 되돌아왔을 때, 다미는 결국 아버지마저 잃었다는 생각보다, 지켜 내지 못했다는 죄책감 때문에, 더하여 그렇게 죽음에 이르고야 말 아버지 곁을 어떻게든 떠나려 했던 자신이 밉고 가증스럽기만 했다. 닷새 동안은 밤마다 숨죽여 울었고, 그러다 지쳐 잠들었다. 잠들면 끌려가던 아버지의 모습이 꿈으로 되살아났다.

그럴 때 파주댁이 말했다.

"이제 너밖에 남지 않았다. 너만 믿고 살아라! 나도 그랬다. 남편은 양반댁 머슴살이하다가 매 맞아 죽고, 홍수로 내 아이까지 잃은 뒤에 여기에 홀로 왔다. 그런데 무얼 믿고 살겠느냐?"

그 말을 듣고서 다미는 빙허각의 말도 떠올렸고, 다산이 해 준 이야기를 되새겼다. 그리고 가수저라를 만들어 보기로 했다. 마치 아무 일도 없었던 것처럼. 가슴의 멍과 상처가 마치 남의 것인 양, 다미는 모른 체하고 가수저라만 만들었다. 그리고 얼추 그것이 생각했던 대로의 맛이 났다. 그 순간, 빙허각이 먼저 떠올랐다. 하지만 당장 찾아갈 수 없는 곳에 있었다. 그리고 다음으로 떠오른 사람이 다산이었다.

한참 동안 파주댁과 눈을 맞춘 뒤에야 다미는 입속으로, "네!" 라고 대답했고, 파주댁도 응답하듯 두어 번 머리를 끄덕였다.

두 일 어멈은 여전히 다산이 어떻고, 유배가 어떻고 하면서 저희끼리 이런저런 말들을 주고받았다. 다미는 그 말을 뒤로 하고 부엌으로 되돌아왔다.

'처음부터 다시⋯'

다미가 부엌에서 나왔을 때는 해가 뉘엿뉘엿 지고 있었다. 석작에 넣어 보자기로 싼 가수저라의 냄새가 코끝을 간질였다. 아까보다 고소한 내음이 훨씬 더한 것 같았다. 하지만 다미는 선뜻 걸음을 내딛지 못했다.

'왜 여유당에 간다고 했을까? 난 무얼 확인하고 싶었던 걸까?'

그런 생각이 들자, 발걸음을 떼어 놓을 수가 없었다. 공연한 짓이란 생각이 들어서였다. 아무리 유배를 당하고, 벼슬도 없는 처지이긴 해도 다산은 지체가 다른 사람이었다. 게다가 듣기에 다산의 일가도 다미 아버지와 같은 일로 고초를 겪었다고 했고, 그래서 마을 사람들도 쉬쉬한다지 않았는가.

결국 다미는 고개를 저었고, 얼른 몸을 돌렸다. 그런데 그때, 마당에 나섰던 파주댁이 말했다.

"이제 나서는 게냐? 얼른 다녀오너라. 날이 이리도 후텁지근할 걸 보니 밤에 비라도 올 모양이야."

그 말에 다미는 얼결에 다시 몸을 돌렸다. 그리고 마당으로 나섰다. 파주댁에게 고개를 숙이고 일단은 밖으로 나섰다. 그러나 열댓 걸음 만에 다미는 다시 멈추었다. 크게 숨을 내쉬고 언덕 아래로 찬찬히 내려 걸었다. 그러나 언덕을 다 내려온 뒤 다미는 또리 아재 집이 아닌 선착장 쪽으로 방향을 틀었다.

다미는 얼마 전, 조 상궁과 함께 배를 기다리던 커다란 느티나무 아래 평상에 앉았다. 서녘으로 지는 해가 눈부셨다. 강은 붉게 물들었고, 그쪽에서 뜨거운 바람이 불어왔다.

피식, 헛웃음이 났다. 건몸 달아 여기까지 온 자신이 우스웠다. 다미는 보퉁이를 끌어안고 한참을 눈부신 강을 바라보았다. 온전히 포기를 하고 나자 도리어 나슨해졌다.

다미는 해가 산 뒤로 완전히 넘어간 뒤에야 일어났다. 그리고 다시 주막을 향해 걸었다.

그런데 얼마를 걸었을까. 뒤쪽에서 왁자한 소리가 들렸다. 다미는 얼결에 돌아보았다. 포졸들이었다. 못해도 스무 명 남짓한 포졸이 뿌연 먼지를 일으키며 언덕 위쪽을 향해 달려가고 있었다. 깜짝 놀란 다미는 길옆으로 얼른 물러났다.

다미는 자신도 모르게 숨을 멈추었다. 온몸이 파르르 떨렸다. 그 순간 조금도 움직일 수가 없었다. 다미는 그 무리가 언덕 저편으로 뛰어가는 뒷모습을 보고 나서야 예닐곱 걸음 나아갔다. 그런데 이게 무슨 일일까. 막 파주댁의 주막이 보이는가, 싶었는데 뜻밖에도 포졸들이 그리로 향하고 있었다.

"헉!"

온몸이 굳어 버려서 이제는 아예 움직일 수가 없었다. 도대체 무슨 일일까? 다미는 몸을 앞으로 기울였지만, 다리가 나아가지 않았다. 심장이 요동쳤다. 자신도 모르게 보퉁이를 힘주어 끌어 안았다. 그 바람에 석작이 두둑 부서지는 소리가 들렸다.

다미는 몇 걸음 더 나아갔다. 그때 비명이 들렸다.

"아악!"

"놔라, 이놈들아! 내가 무엇을 잘못했다고!"

틀림없이 파주댁의 목소리였다. 그 바람에 다미는 주막을 향해 나아갔다. 다른 주막에 있던 사람들, 길 가던 사람들이 모여들고 있었다. 그 사람들 너머로 포졸들이 파주댁과 일 어멈 둘을 주막 바깥으로 끌어내는 모습이 보였다.

"아주머…."

다미는 자신도 모르게 소리치며 앞으로 달려 나갔다. 그러나
채 세 걸음을 딛지 못했다. 뒤에서 누군가가 다미의 입을 틀어막
았고, 동시에 몸을 돌려세웠다. 또리 아재였다.

"쉿!"

또리 아재는 입에 손을 대고 짧게 말하며 다미의 팔을 거칠게
잡아당겼다. 그리고 낮고 빠르게 말했다.

"따라오너라. 뒤돌아보지 말고!"

다미는 또리 아재의 손에 이끌려 갔다. 다리가 후들거려서 발
걸음을 옮기기 힘들었다. 언덕 아래까지 내려가는 동안 여러 번
넘어질 뻔했다.

그때쯤, 또 한 무리의 병졸들이 지나갔다. 다미는 얼른 고개를
돌리고 몸마저 옆으로 비틀었다. 그 바람에 가수저라가 든 보통
이를 떨어뜨리고 말았다.

"아, 아재…!"

다미는 돌아서 보퉁이를 주우려 했지만, 또리 아재는 틈을 내
주지 않았다. 더 힘을 주어 끌어당겼다. 잠시 후, 둘은 땅거미가
내리는 연꽃밭을 지났다. 또리 아재는 집 안까지 들어와서야 다
미의 손목을 놓아 주었다.

"헉헉!"

다미는 숨을 몰아쉬었다. 도대체 무슨 일인지 물어보아야 하는데, 아버지가 잡혀가던 장면과 너무 흡사해 물어볼 용기가 나지 않았다. 그때 또리 아재가 입을 열었다.

"내가 언젠가 이런 사달이 날 줄 알았다. 너는 당분간 이곳에서 한 발자국도 나가지 말거라. 알겠지?"

"아재, 도대체 무슨….."

"파주댁이 야소교를 믿는다는 소문을 얼핏 들었다."

그 말 한마디에 모든 것이 이해됐다. 어느 날 밤, 서양 귀신을 불러내는 소리라던 수향의 말도 생각났다. 허탈해졌다. 그러나 정신을 차려야 한다는 생각도 들었다.

"그럼, 제가 여기에 있으면 아재도 위험해요. 포졸들이 여기까지 들이닥치지 말란 법이 없잖아요."

다미는 떨리는 목소리로 말했다. 야소교를 믿는 사람은 그 가족은 물론 주변 사람들까지 데려다 물고를 낸다는 소리를 들었기 때문이다. 틀림없이 누군가는 또리 아재가 파주댁과 가깝다는 사실을 알고 있을 테니까.

"안다. 그렇지만 이런 일이 일어나면 길목마다 포졸들이 지킬 텐데, 함부로 나다닐 수는 없다. 잠시만 생각해 보자꾸나."

또리 아재의 얼굴에 수심이 깊었다. 그런 얼굴을 다미는 보고만 있을 수 없었다.

"여기 있을 수는 없습니다. 제 아비도 얼마 전에 같은 일로 세상을 떠났으니, 저를 거두어 주셨다가는 아재도 위험합니다."

"무슨 말인지 안다. 하지만 말했듯이 이미 사방에 포졸들이 깔렸을 것이다. 아까 오다 보니, 이미 선착장 근방 길목까지 포졸이 막고 있더구나. 배도 띄우지 말라고 했어."

"아…!"

결국 아무 데도 갈 수 없다는 뜻이었다.

다미는 툇마루 끝에 주저앉아 긴 숨을 내쉬었다. 어떻게 해야 할지 아무런 생각도 나지 않았다. 아버지가 끌려가던 모습만 자꾸 머릿속에서 되살아났다. 아주 잠깐, 차라리 조 상궁을 따라갔어야 했나, 하는 생각이 스쳤다.

별안간 다미가 벌떡 일어났다.

"안 되겠어요."

"무슨 말이냐?"

"포졸들이 파주댁 주막에서 일한 사람들을 다 찾으려 들 거예요. 그럼, 제가 사라진 것도 알아낼 테고, 온 마을을 헤집고 다닐 것입니다. 당연히 이곳에도 들를 테고요."

"…"

또리 아재는 다미의 말에 답하지 않았다. 무슨 생각을 하는 듯 한참 동안, 어둠에 잠기기 시작한 강 쪽을 바라보며 긴 숨을 내쉬었다.

그리고 꽤 시간이 지난 뒤에, 입을 열었다.

"수종사로 가자꾸나. 이 마을을 다니며 목탁동냥하던 스님을
알고 있다. 당분간 그곳에 숨어 지내면 될 듯하다."

다미는 억지로 일어났다. 그리고 또리 아재의 뒤를 따랐다.

그러나 둘은 문밖을 나서자마자 그 자리에 멈춰 서야 했다. 저
편에서 횃불 하나가 이쪽으로 다가오고 있었다. 그 불빛 아래 두
세 명의 포졸이 어렴풋이 보였다.

"아저씨…."

다미는 자신도 모르게 또리 아재의 팔을 잡았다. 이쪽에는 길
이 더 없으므로 또리 아재의 집으로 오는 게 분명했다.

또리 아재가 재빨리 집 안으로 들어와 말했다.

"얼른 방으로 들어가 바느질하는 척이라도 하거라. 나의 친지라
고 할 테니, 그리 알고."

다미는 서둘렀다. 등잔불을 켜고 벽에 걸려 있던 저고리와 바
지를 다 바닥에 던져 놓았다. 그리고 얼른 주저앉아 하나씩 개키
기 시작했다. 손이 떨리고 가슴이 터질 것만 같았다. 그 때문에
어떤 옷은 접었다가 다시 펼치고, 또 접고를 반복했다.

어느 때쯤, 바깥에서 소리가 들렸다. 또리 아재가 무슨 일이냐
며 너스레를 떨었고, 낯선 목소리의 남자가 몰래 야소교를 믿는
역적들을 잡아들이는 중이라고, 몇은 잡았는데 몇은 놓쳤다는
말을 했다. 연이어 또 다른 목소리는, 관아의 명이라 집집마다 뒤
져 보는 중이라 했다. 그 말에 다미는 가슴이 한 번 더 철렁 내려

죽은 자의 도움 161

앉았다.

그리고 잠깐 사이 문이 열렸다. 그리고 검은 수염이 덥수룩한 사내가 얼굴을 들이밀었다.

"이 처자는 누구요?"

"외가 쪽 조카요. 한양에 볼일이 있어서 자고 내일 갈 게요."

사내의 물음에 뒤편에 서 있던 또리 아재가 대답했다. 그러자 사내는 고개를 갸웃거리면서 다미에게 물었다.

"넌 어디에 사는 누구냐?"

그 질문에 다미는 온몸이 얼어붙는 느낌이었다. 대답할 말이 없었다. 다미는 사내와 눈을 마주치지도 못하고 또리 아재의 때 묻은 겉저고리만 반복해서 접었다 개키기를 반복했다.

"내 말 못 들었느냐? 넌 어디에 사는 누구냐?"

"이보게. 그 애는….."

사내의 반복된 질문에 또리 아재가 다급히 나섰다. 바로 그 순간, 다미의 머릿속에 하나의 기억이 스쳐 지나갔다. 조 상궁이 했던 말이었다.

"하도에서 왔습니다. 숙연이라고 하고, 성은 조가이고 본은 함안입니다. 아버지가 첨지 벼슬을 하시었고, 민 자 석 자를 쓰십니다."

목소리는 떨렸지만, 다미는 조 상궁이 해 준 말을 그대로 읊조렸다. 그러자 사내는 고개를 끄덕이더니 방문을 닫았다. 그리고

162

잠시 후, 밖에서 다시 또리 아재와 사내들의 말이 흘러들어 왔다. 그놈의 야소교인지 뭔지 때문에 툭하면 이 야단이라고, 요즘에는 야소교 믿는 자들을 신고하면 포상을 해 준다니, 툭하면 아무 이름이나 대고 그런다고, 아무튼 신고된 자들을 다 잡아들이기 전에는 두물머리에서 배가 뜨고 내리지도 못한다니 그리 알라고…. 그런 말들을 남기고 사내들의 발소리는 멀어져 갔다.

다미는 비로소 안도의 숨을 내쉬었다. 그러나 동시에 스스로 몹시 부끄러웠다. 불과 얼마 전, 조 상궁에게 자신의 이름으로 살겠다며, 벼르고 벼르던 궁녀의 길을 마다했는데, 다른 이의 이름으로 살아남다니. 별로 먹은 것이 없는데도 쓴 물이 목구멍으로 넘어왔다. 이미 죽었으나, 자신을 살린 알 수 없는 그녀에게 고맙고 또 고마운 밤이었다. 아직도 이곳에서 더 살아남을 수 있을지는 알 수 없었지만.

내 손끝을 믿어 보겠습니다

이틀이 지났다. 다미는 또리 아재네 집 앞 강가에 앉아 있다가 두물머리 선착장 쪽에서 누군가의 외침 소리가 들려서 얼른 방 안으로 들어왔다. 또리 아재는 어제부터 어딜 그리 바삐 다니는지 알 수 없었다. 어제는 두물머리 쪽으로, 오늘 아침에는 배를 타고 나갔는데, 아직도 돌아오지 않고 있었다.

다미는 숨죽이고 방구석에 처박혀 있다가 또리 아저씨가 먹을 밥을 해 놓고 다시 강가를 서성거렸다. 강은 온통 은빛이었다가 어두워질 무렵이 되니, 짙은 회색으로 변하다가 점점 더 검어졌다. 맑을 때는 보이던 강 너머의 작은 불빛마저 보이지 않았다.

다미는 갇혀 있는 느낌이 들었다. 어둠에, 그리고 보이지 않는 미래에. 언제까지 그 어둠은 걷히지 않을 것만 같았다. 두렵고 또 두려웠다. 그러고 보니 늘 어둠이었다. 엄마가 집을 떠난 것이 어둠의 시작이었나? 아버지 역시 어둠을 향해 나아갔고? 그리고 엊그제는 파주댁마저!

문득 서둘러 둔지미를 떠나던 날 새벽이 떠올랐다. 그때, 마지막 한 발만 더 앞으로 내디뎠다면 이런 일을 또 겪지는 않았을 텐데, 하는 생각마저 들었다. 아니, 어쩌면 그것이 정해진 운명이 아니었을까. 아무리 거스르려 해도 정해진 운명을 바꿀 수는 없는 것일까. 그렇지 않고서야 번번이 이럴 수는 없다. 그래서 다미는 다시 한번 강 쪽으로 두어 걸음 내디뎠다.

발끝에 강물이 닿았다. 여름인데도 발끝이 시렸다. 발끝만이 아니라, 온몸이 동지섣달 개울가에 빠졌을 때보다 더 차가워지는 기분이 들었다. 다미는 어금니를 꽉 물고 뒤로 물러났다.

다미는 방으로 돌아왔다. 구석에 쪼그리고 앉아 가만히 눈을 감았다. 그러자 어둠이 더 깊어졌다.

그런 어둠 속에서, 다미는 달아났다. 끝도 없이 달렸다. 그곳이 어딘지는 모르겠지만, 한없이 나아갔다. 희미한 빛이라도 붙잡고 싶어서였다. 그렇게 나아가야 거기에 엄마의 뜻이, 아버지의 바람이, 빙허각의 모든 것들을 무르게 할 시간과 다산의 용기가 있을 터였다. 가고 싶었다, 그쪽으로. 그러나 가도 가도 어둠뿐이었다. 그 어둠은, 다미에게는 끝나지 않을 것만 같았다. 하지만 다미는 멈추지 않았다. 다리가 부러지고 온몸의 기운이 다 빠져도 가는 것이 옳다고 생각했다.

그래서 걷고 또 걸었다. 더 이상 걸을 수 없을 때까지…. 그러자 빛이 보였다. 처음에는 정말 하나의 점처럼 보이던 빛이, 조금 더 눈을 크게 뜨자 사방으로 번져 갔다. 그리고 주위까지 조금 더 환해졌을 때 누군가의 얼굴이 보였다.

또리 아재였다. 다미가 꿈에서 완전히 깨어났을 때, 또리 아재가 팔을 붙잡고 있었다.

"어서 정신 차리거라. 시간이 없다."

"…?"

다미는 멍하니 또리 아재의 얼굴을 쳐다보았다.

"내 말 알아들은 게야? 일어나거라. 어서!"

또리 아재가 일으키는 대로 다미는 일어났다. 그러자 또리 아재는 먼저 방 밖으로 나갔다.

새벽이었다. 은빛의 강 안개가 잔뜩 몰려와 있었다. 강도 보이지 않았다. 또리 아재는 서둘러 집을 나섰다. 그리고 이전에 조각배를 탔던 쪽으로 길을 잡았다. 물안개 때문인지 금세 옷깃이 젖었다.

"아저씨, 어디로…."

다미는 또리 아재의 뒤를 바짝 쫓으며 물었다. 그러나 또리 아재는 아무 말도 없이 걷기만 했다. 다미도 더 이상 묻지 않고 따랐다. 얼마 가지 않아, 여유당으로 갈 때 탔던 나룻배가 보였다. 또리 아재는 서둘러 배에 올랐고, 다미도 뒤따라 올라탔다.

또리 아재는 노를 저으며 비로소 입을 열었다.

"이번에 사달이 난 게, 수향이가 야소교 믿는 사람들을 밀고한 모양이더구나. 누구라도 신고하면 관아에서 보상으로 푼돈 좀 쥐어 준다고 했다는데…."

"네?"

"그 아이가 장사치 아들내미 꼬임에 넘어갔다더라. 푼돈이라도 좀 챙겨서 멀리 달아나려 했다지? 마을이 온통 벌집이 됐다."

어렴풋이 알 것 같았다. 파주댁과 다투던 수향의 얼굴이 떠올랐다. 허탈해졌다. 무어라 대꾸할 말이 없었다. 그런데 그다음 말에 다미는 가슴이 철렁 내려앉았다.

"못해도 스물댓 명은 잡혀갔고, 너도 찾고 있다는구나. 파주댁 주막에서 일했던 어멈들도 모두 잡혀갔어. 네가 운이 좋았다."

헉!

숨이 멎을 듯했다. 그 말을 듣자 다미는 더더욱 무어라 할 말이 없었다. 그러다가 어느 순간, 궁금한 게 생겼다.

"아저씨, 혹시 여유당으로 가세요? 거긴 안 됩니다. 제가 알기로 다산 어르신의 가족들께서도 야소교 때문에…."

설사 다산이 자신을 돕는다고 했을지라도 그건 아닌 것 같았다. 그러다가 일이 잘못되기라도 하면 다산은 더 큰 고초를 치르고 말 테니까. 그건 도리가 아닌 것 같았다.

그런데 또리 아재는 고개를 저었다. 그리고 잠시 말이 없었다.

"아저씨!"

다미는 한 번 더 소리를 높였다. 그런데 조금 이상했다. 배가 가는 방향이 여유당 쪽이 아니었다. 오히려 강 가운데 쪽으로 향했다. 그리고 얼마 지나지 않아, 그편에 안개 너머로 큰 배의 그림자가 보였다.

그와 동시에 또리 아저씨가 다시 입을 열었다.

"저 배를 탈 것이다."

"네? 그게 무슨 말씀이신지…."

다미는 물으며 배를 쳐다보았다. 그쪽으로 다가가자 배의 형체가 점점 또렷하게 보이기 시작했다. 다미가 타고 왔던 배보다 큰 배였다.

"무슨 배입니까? 어디로 가는 배인데요?"

"그건 나도 알 수 없구나. 난 그저 부탁받았을 뿐이다."

"아저씨…."

더 이상 또리 아재는 대답하지 않았다. 배가 가까워질수록 노를 빨리 저을 뿐이었다. 그리고 마침내 큰 배 가까이 다다랐을 때, 배 위에서 줄사다리가 내려왔다. 그러자 또리 아재는 허리춤에 숨겨 두었던 편지를 내밀었다. 다미는 일단 그것을 접어 품속에 넣었다.

"어서 오르거라. 어딜 가서든, 무슨 일이 생기든 꼭 살아남거라. 그리고 네 재주를 마음껏 펼치려무나."

"아저씨!"

"어서! 강 안개가 걷히면 이 배도 떠나야 한다."

또리 아재가 재촉했다.

하는 수 없이 다미는 배 위쪽에서 내려온 줄사다리를 타고 힘겹게 올랐다. 뱃전에 닿았을 때, 장정 둘이 손을 뻗어 다미를 끌어 올려 주었다. 그리고 다미가 마침내 갑판에 내려섰을 때, 옥색 저고리를 입은 사내가 서 있었다. 뜻밖에도 김무생이었다.

"…!"

다미는 깊이 고개를 숙였다.

"그래! 잘 왔다!"

"무, 무슨 말씀이시온지…."

다미는 어리둥절해하면서 물었다. 김무생은 답은 하지 않았고, 선원들을 향해 소리를 높였다.

"이제 안개가 서서히 걷히려나 보다. 어서 출항하자!"

그러자 선원들이 분주하게 움직였다. 고개를 이리저리 돌려 선원을 확인한 뒤, 김무생은 손을 들어 어느 한쪽을 가리켰다. 아직 안개가 걷히지 않아 정확히 알 수 없었지만, 틀림없이 여유당 쪽인 듯했다.

"인사를 올리거라!"

아!

그제야 다미는 얼추 이해가 됐다. 서로 말은 하지 않았지만, 자신이 이 배에 오를 수 있었던 이유가, 다산과 김무생 덕분이라는 것. 그래서 노리 아재가 이틀 동안 배를 타고 이리저리 다녔구나, 싶었다. 다미는 뱃전으로 나아갔다. 그리고 여유당 쪽을 향해 큰절을 올렸다. 그러고 나자 김무생이 말했다.

"이 배는 제물포로 갈 것이다. 그곳에 가면 네가 할 일이 있다. 너에 대해 많이 들었다. 파주댁에게도, 그리고 다산 어르신께도…."

"무슨 말인지 모르겠습니다."

"나는 다산 어르신의 안목을 믿는다. 내 생명을 살려 주고 장사를 하라고 이르신 것도 그분이었다. 그저 장돌뱅이였던 내가 돈 좀 더 벌려고 수원 화성을 지을 때 인부로 들어갔지. 그러다가 한 달 만에 돌에 깔려 죽어 갈 때 나를 살리신 분이 다산 어르신이다. 모두 다친 사람은 쓸모가 없다며 내쫓으려는데, 다산 어르신이 그간 일한 품삯을 주시고, 일하다 다친 사람은 조정에서 책임져야 한다면서 치료도 해 주셨지. 그리고 다시 나와 일하라 하셨는데, 그때 내게 맡기신 일이 일꾼들 품삯을 계산해 주는 일이었단다. 그 덕분에 한낱 장돌뱅이가 이렇게 배도 갖고 큰 장사를 하게 되었단다."

"그럼…?"

"너와 네 가족이 야소교를 믿었든 안 믿었든 상관없다. 어르신께서는 네 재주를 보신 것이다."

그즈음 배가 움직이기 시작했다.

한동안 아무것도 묻지 않았다. 무엇을 물어야 할지도 몰랐지만, 물어본들 눈앞의 어둠이 쉬이 사라지지 않을 것이므로.

다만 다미는 두꺼운 강 안개를 뚫고 앞으로 나아가는 배의 모습을 보았다. 배는 마치 그 앞에 무엇이 있어도 개의치 않겠다는 듯 뱃길을 따라 앞으로 나아갔다. 강줄기가 굽어진 곳에서는 굽어진 대로 나아가고 곧게 뻗은 강물을 만나면 거침없이 물결을 따라 미끄러졌다.

그리고 또 얼마 후, 날이 조금 더 밝아졌고, 안개가 조금 더 걷혔다. 그리고 한번 물러가기 시작한 안개는 빠르게 자취를 감추기 시작했다. 마침내 강 양편의 풍경이 눈에 훤히 들어왔다. 어디에도 어둠의 흔적은 보이지 않았다. 강변의 푸르른 언덕이, 파란 하늘이 온전히 드러났다. 그리고 그때쯤 배는 그전보다 더 빨리 내달리기 시작했다.

그런 모습을 보고 있자니 다산의 말이 다시 생각났다. 그래서 다미는 자신도 모르게 고개를 끄덕였다.

그때쯤, 오른편에 낯익은 언덕이 눈에 들어왔다. 물결치듯 굽이져 자라 있는 차밭이었다. 둔지미 차밭을 지나고 있는 거였다. 처음 차밭을 보았을 때, 찻잎을 딸 때, 그리고 언덕에 아슬아슬하게

서 있을 때가 생각났다. 다미는 한동안 눈을 뗄 수가 없었다. 배 난간으로 바짝 다가가 한참 차밭을 바라보았다. 그러나 야속하게 도 배는 차밭을 지나 더 아래로 내려가기만 했다. 다미는 아까처 럼 차밭 쪽을 향해 허리를 굽혔다. 빙허각의 얼굴을 떠올리면서 한참 동안 고개를 숙이고 있었다.

배는 용산진과 노량진을 지나 마포진에 잠시 닿았다. 다미는 난간에 기대서서 포구를 내려다보았다. 아침 해가 뜬 지 얼마 지 나지 않았는데도 크고 작은 배와 사람들로 북적였다. 용산진이나 두물머리에 비해 들고 나는 배들이 훨씬 많은 것 같았다. 사람의 무리가 끊임없이 이리저리 흘러 다녔다.

"나와 함께 갈 곳이 있다. 따르거라."

문득 돌아보니 김무생이 손짓하고 있었다. 다미는 얼른 김무생 을 따랐다.

"이 배는 새우젓을 싣고 다시 북한강으로 거슬러 올라갈 것이 다. 마포진에는 온갖 새우젓 배가 다 모이지. 한양으로도 들어가 고 크고 작은 배들이 새우젓을 싣고 강을 따라 산골로도 간다. 이문이 많이 남는 장사다. 우리는 배를 갈아타고 제물포로 갈 것 이고."

김무생은 묻지도 않은 말을 했다. 그리고 두어 걸음 앞서 걸어 배에서 내렸다.

김무생은 배에서 내려 포구 위로 거슬러 올라갔다. 비린내가 진동했다. 생선과 새우젓 통을 이고 지고 지나는 사람들 탓인 듯했다. 장사꾼들은 좌판을 펼쳐 놓고 저마다 소리를 지르며 호객을 했고 온갖 사람들이 그 곁을 지나다니며 기웃거렸다. 그 틈에서 오가는 지게꾼과 부딪치고, 그러다 보니 사람들 틈을 빠져나가는 것도 힘에 부쳤다. 더구나 키가 큰 김무생을 따르기 위해서 다미는 잰걸음을 놀려야 했다.

김무생은 곧 널따란 국밥집으로 들어갔다. 얼추 열댓 명의 사람들이 밥을 먹고 있었다. 김무생은 국밥을 시키고 대뜸 다미에게 물었다.

"요리를 곧잘 한다고 들었다. 가수저라인지 하는 양이들의 과자도 만들었다고?"

"책에서 본 것을 흉내 냈을 뿐입니다."

"그래, 그 이야기도 들었다. 또 뭣이 있더냐?"

"네?"

"네가 본 책에 어떤 요리들이 들어 있느냐 물었다. 기왕에 조선의 요리들 말고, 청나라나 양이들의 음식들 말이다. 왜의 요리도 있더냐?"

"예. 《규합총서》에도 나와 있고, 한번은 《회한삼재도회》라는 책을 보았는데, 다 이해할 수는 없었으나, 그 수가 많았습니다."

다미는 김무생이 무슨 생각으로 묻는지 알 수 없었지만, 일단

곧이곧대로 대답했다. 그러자 김무생은 다시 물었다.

"그런 음식들에 욕심이 나더냐?"

"욕심이라 하오면…?"

"그런 음식들을 만들어 볼 욕심 말이다."

"욕심이야 없지 않으나…?"

솔직하게 대답했다. 하지만 뒷말을 잇지 못했다. 얼뜨게 보일까, 걱정스러웠다. 그런 다미의 마음을 아는지 모르는지 김무생이 재빨리 끝말을 잡아 물었다.

"않으나?"

"음식을 만들려면 좋은 재료가 그때마다 필요하고, 하물며 그 음식을 만들 솥과 냄비가 따로 필요합니다. 또한 책에 나온 대로 한들 원래의 맛을 내려면 여러 번…."

"그 모든 것이 갖추어져 있고, 시간도 있다면?"

"네? 무슨 말씀이시온지요?"

다미는 되물었다. 김무생의 말을 들을수록 더더욱 무슨 말인지 알 수가 없었다. 그래서 답을 기다리는데, 주모가 국밥을 날라 왔다. 주모는 국밥을 탁자에 내려놓으면서 김무생에게 오랜만이라는 둥, 새우젓을 싣고 가려는 거냐는 둥 너스레를 떨었다. 얼핏 보아서는 아주 가까운 사이 같았다. 그 바람에 이야기는 잠시 끊어졌다.

김무생은 주모가 물러나자 입을 열었다.

"네가 그런 요리를 만들어 주었으면 한다. 그래서 너를 데려가고자 했다. 난 장사꾼이다. 이문이 남지 않는 일은 하지 않아."

김무생이 이번에는 꽤 진지한 목소리로 말했다. 그래서였는지 몰라도 다미는 갑자기 자신이 없어졌다.

"제가 그것들을 잘 해낼 수 있을지…."

우물쭈물 대답하고 김무생만 쳐다보았다. 그러자 김무생은, 주막집 건너편을 가리켰다.

"저곳이 뭘 하는 곳인지 알겠느냐?"

알 수 없었다. 기와집 대문이 있고, 이따금 사람이 드나들었다. 한참 쳐다보니 조선인 양반도 있었고, 청나라 사람도 보였다. 그런데 문득 눈에 띄는 무언가가 보였다. 연둣빛 등롱이었다. 그리고 그 등롱에 '다茶'란 글자가 쓰여 있었다. 문득 청다가 생각났다. 그러나 말을 꺼내기도 전에 김무생이 말을 이어 갔다.

"다점이라는 곳인데, 차를 마시려는 사람들이 들르는 곳이다. 청나라에서는 다관이라고도 하지. 차를 마시며 이야기도 하고…."

"가 본 적이 있습니다."

"그래? 어디에서?"

"서소문 앞 청다라는 곳입니다."

"오호! 그럼 더 잘됐구나. 제물포에 다관을 열 생각이다."

"네?"

"제물포에는 조선인도 많지만, 청국인과 양인도 꽤 드나든다. 그곳을 오가는 사람들 대다수는 상인이지만, 다른 일로 드나드는 사람들도 많다. 그래서 더더욱 다관이 필요하지. 그곳에 드나드는 청국 사람들이나 양인들에게 차와 함께 가수저라와 같은 양이의 음식을 팔아 볼 생각이다."

"네? 제게 주모를 하란 말씀이십니까?"

김무생의 말을 깨닫는 순간, 다미는 되물었다.

"주모? 하하하! 그래, 조선에서는 주모라고 하지. 무어라 부르든 상관 없다. 그저 국밥집이 아닌, 차와 과자를 팔며 사람들이 잠시 쉬어 갈 수 있는 곳이다. 조선에서는 아직 그 누구도 만들지 않은 음식으로 말이다."

"…."

무어라 선뜻 대답하기 어려웠다. 다미에게는 좋은 기회지만, 아까처럼 왠지 자신이 선뜻 생기지 않았다. 그러자 그런 눈치를 챘는지 김무생이 다시 물었다.

"물론 거절해도 좋다. 네가 하겠다면 하면 되는 것이고, 아니라면 너를 이곳에 두고 갈 생각이다. 이 주막집에서 일하도록 해 주마."

김무생의 말에 다미는 국밥 한술 뜨지 못하고 바깥을 내다보면서 이런저런 생각을 해야 했다. 그리고 조 상궁에게, 남의 이름으로 살지 않겠다며 두물머리에 남겠노라고 말한 기억이 새삼 떠올랐다.

'그건 어쩌면 빙허각 어른의 말대로 나를 믿어 보겠다는 생각 때문이 아니었을까?'

그런 생각이 들었고, 그래서 김무생을 향해 고개를 돌렸다. 아니, 돌리려는데 바깥에 낯익은 얼굴이 보였다. 그래서 다시 바깥으로 고개를 돌렸다. 뜻밖에도 순남 오라버니였다.

헉!

다미는 자신도 모르게 일어나 천천히 바깥으로 나갔다. 잘못 보았나, 싶어서 유심히 쳐다보았지만, 틀림없이 순남 오라버니였다. 옷은 찢어지고 더러웠으며, 머리는 산발이었고 얼굴은 땟국물로 꾀죄죄했다. 말 그대로 비렁뱅이였다. 그런 채로 순남 오라버니는 지나는 사람들에게 구걸을 하고 있었다.

"한 푼 줍쇼!"

그러다가 주막집을 기웃거리기도 했다.

하아!

가슴이 무너지는 듯했다. 다미는 그 자리에서 조금도 움직이지 못했다. 조 상궁이 했던 말이 떠올랐다. 그런데 그때쯤, 이쪽저쪽을 기웃거리던 순남 오라버니가 이쪽을 바라보았다. 그 바람에 다미는 저도 모르게 한걸음 나섰다. 그리고 눈이 마주쳤다. 뒤미처 순남 오라버니가 고개를 갸웃거렸다.

다미는 한 걸음 더 나아갔다. 주체할 수 없이 가슴이 뛰고 공연히 눈물이 흘렀다. 잠시 후, 순남 오라버니가 이쪽으로 걸어왔다. 그리고 마주 보더니 말했다.

"다미다! 다미! 다미!"

순남 오라버니는 여러 번 이름을 부르며 그 자리에서 겅중거렸다. 환한 미소가 땟국물로 얼룩진 얼굴에 감돌았다.

"오라버니, 어떻게 여기까지…!"

"다미다, 다미!"

"그래, 다미야. 오라버니, 괜찮은 거예요?"

다미는 순남 오라버니를 위아래로 훑어보며 물었다. 그런 다미를 쳐다보면서 순남 오라버니는 그저 웃기만 했다.

그때 김무생이 다가와 물었다.

"아는 사람이냐?"

그 말을 듣는 순간, 다미는 정신이 퍼뜩 들었다. 그리고 김무생을 향해 돌아서 간절히 말했다.

"제물포로 가겠습니다. 저이도 데려가게 해 주세요! 제가 두 배의 일을 하겠습니다. 제 손끝을 믿어 보겠습니다."

에필로그 가수저라를 드시겠어요?

가수저라의 고소한 냄새가 객사 안으로 퍼졌다. 다미는 자신도 모르게 미소를 지었다. 탄내도 나지 않았고, 설익은 밀가루 냄새도 나지 않았다. 구리 냄비를 열었을 때, 갈색으로 적당하게 구워진 가수저라가 모습을 드러냈다.

"오늘따라 가수저라 냄새가 더 구수하구나."

계단을 내려 딛는 소리가 나는 듯하더니 김무생의 목소리가 들려왔다. 다미가 부엌 바깥쪽을 돌아보니 김무생이 위층에서 내려오며 미소를 짓고 있었다.

"아무래도 가수저라는 달걀을 저어 거품을 내는 게 중요한데, 순남 오라버니가 거품을 잘 내 주었습니다."

다미는 부엌 한쪽에서 밀가루 반죽을 하고 있는 순남 오라버니를 힐끔 쳐다보고 말했다.

"허허. 이제 눈치 보지 않아도 된다. 제 몫을 다하고 있는데 무슨 걱정이냐?"

항상 그랬듯 김무생은 습습하였다. 다미는 그 말이 고마웠다. 넉 달 전, 나싸고짜 정신도 온전치 않은 비렁뱅이를 데려가겠다고 했을 때, 김무생은 딱 한마디만 되물었다.

"어떤 사연인지 알 수는 없다만, 네가 이 아이가 제 몫을 다 하도록 만들 수만 있다면 상관이 없다. 다만, 아까도 말했듯이 나는 장사꾼이다. 이문이 남지 않는 일은 절대 하지 않는다. 무슨 말인지 알겠지?"

그 말을 듣는 순간, 아주 잠깐은 말을 잘못 꺼낸 것이 아닐까, 후회되긴 했다. 아버지가 끌려가던 날, 다미를 모지락스럽게 대하던 윤 초시가 생각나서였다. 순남 오라버니를 끝까지 책임질 수 있을까, 하는 생각도 들었다. 하지만 순남 오라버니를 그냥 두고 갈 수는 없었다. 그래서 다미는 김무생의 말에 그러겠노라고 거듭 약속했다.

다행히 순남 오라버니는 예전에 그랬던 것처럼 시키는 일 하나만은 똑 부러지게 해냈다. 반복해서 알려 줘야 했지만, 말을 못 알아듣지는 않았다. 달걀 거품을 내라고 하면 쉬지 않고, 거품이 한 바가지에 가득하도록 열심히 주걱을 저어 댔고, 반죽을 하라고 하면 숨을 헉헉대면서 밀가루를 치댔다. 일하는 모양새만 보면 누가 보아도 보통의 청년이었다. 그뿐만 아니라 잡일도 차례대로만 알려 주면 무엇이든 해냈다. 그걸 보며 김무생은, "아주 근본이 없는 아이는 아니구나" 했다.

그래도 다미는 마음이 놓이지 않아서 자꾸만 김무생의 눈치를 보곤 했다.

"그나저나 오늘 내놓을 차는 어떤 것으로 할 참이냐?"

다미가 생각에 잠시 빠져있을 때, 김무생이 물었다.

"그렇지 않아도 엊그제 청국 상인이 가져온 차를 내놓을까, 합니다. 무이산*에서 재배했다던데, 알아보니 청국에서도 열 손가락 안에 드는 차밭이라고 합니다."

"그래. 나도 들었다. 한데 따로 이유가 있느냐? 어제 청국 상인이 놓고 간 용정차가 더 이름이 있는 것으로 아는데?"

"제가 느끼기에 용정차는 그 향이 깊고 오래 남아 당연히 많은 사람이 찾기는 하지만, 쓴맛이 섞여 있습니다. 오늘 오시는 어르신의 손님들은 주로 조선 사람인데, 조선 사람들은 쓴맛에 아직 익숙하지 않은 듯하여, 비슷한 향이 나지만 쓴맛이 덜 한 무이산 차가 낫다고 생각했습니다."

"허허. 그런 생각까지 하였느냐? 그래, 어디 한번 맛을 보자."

그 말이 끝나자마자 다미는 찻상을 내와 다실茶室 안의 한 탁자에 놓았다. 다관의 뜨거운 물을 숙우**에 따르고, 그런 다음 거름

---

* 중국 강서성에 있는 산.
** 다도에서, 끓인 물을 식히는 대접.

망을 얹은 찻잔에 물을 부었다. 차를 담고 조금 기다리자 차향이 깊게 올라왔다.

"차향은 어제 것보다 진하구나."

그러더니 김무생은 잠시 후 찻잔을 들어 한 모금 입에 대었다. 그리고는 다시 입을 열었다.

"그래, 네 말대로 쓴맛이 좀 덜하여 목 넘김이 편하긴 하다. 좋은 선택을 하였다. 곁들임 음식은 가수저라더냐?"

"네. 가수저라와 함께 탕화와 흑임자 다식을 준비했습니다."

그렇게 말하고 다미는 손바닥 반만 한 크기로 자른 가수저라를 가져와 김무생 앞에 내놓았다. 김무생은 젓가락으로 맛을 보더니 고개를 끄덕였다.

"날이 갈수록 맛이 더 좋아지는구나. 네 덕분에 손님도 많아졌다. 내가 사람을 보는 눈이 있구나."

"아직 해야 할 게 많습니다."

"아니다. 다관을 연 지가 한 달이 채 되지 않는데, 그새 제물포에 소문이 났다더구나."

다미는 그나마 다행이란 생각이 들었다.

김무생은 차를 다 마시고 일어났다. 그리고 당부하듯 말했다.

"내 손님들은 정오는 되어야 올 테니 천천히 준비하면 될 게야. 아, 그리고 내가 얼핏 들었는데, 청나라 사람들은 차뿐만 아니라, 가배(커피)라는 것을 마신다더구나. 양이들이 즐겨 마시는 차란다. 내가 곧 그것을 한번 수입해 볼 생각이다. 그리고 오늘 들어올 차도 네가 잘 살피거라."

그렇게 말하고 김무생은 다관 밖으로 나갔다. 가배가 무언지는 알 수 없었으나, 그건 나중에 다시 물어보면 될 일이었다.

다미는 김무생을 배웅하고 다실을 쭉 둘러보았다. 여러 개의 붉은색 기둥 사이로, 다실 안에는 모두 스무 개의 탁자가 놓여 있었다. 칠패시장의 청다와 흡사한 모양이었지만 훨씬 깔끔하고 고급스러웠다. 아침저녁으로, 아니 수시로 순남 오라버니가 쓸고 닦아서 어느 한 곳도 지저분한 곳이 없었다. 고개를 들어 위층을 쳐다보았다. 차를 마시는 방으로 오르는 계단에도 먼지 하나 보이지 않았다. 방 안도 보나마나일 것이었다.

부엌을 밖으로 내지 않고, 다실에서 볼 수 있도록 붙여 놓은 게 처음엔 이상해서 적응되지 않았는데, 지금은 그마저도 나쁘지 않았다. 김무생이 청국에서 그렇게 한다면서 오히려 고소한 음식 냄새가 손님들의 코를 자극할 것이라고 했다.

모든 게 나쁘지 않았다. 다미는 제물포에 온 몇 달 동안 가수저라를 만들었고 탕화를 비롯해 양이들이 먹는다는 과자를 여럿 만들어 냈다. 물론 빙허각이 책에 남겨 놓은 조선의 과자들도 제맛을 낼 때까지 만들고 또 만들어 댔다. 김무생은 약속한 대로 모든 재료와 그 음식을 할 수 있는 조리 기구를 모두 마련해 주었다. 그리고 두 달의 기한을 주었다.

그동안 다미는 밤을 새우며 온갖 음식을 다 만들었다. 잘되는 것도 있었고 잘되지 않는 것도 있었다. 순남 오라버니를 보살피는 것도 다미의 일이었다. 다행스럽게도 처음엔 낯설어하던 순남 오라버니는 다미 옆에서 떨어질 줄 몰랐다. 다미는 그런 순남 오라버니를 달래서 일을 따라 하게 했다. 그러자 순남 오라버니는 예전에 그랬던 것처럼 다미가 시키는 것은 무엇이든 했다.

"휴우!"

다미는 자신도 모르게 긴 숨을 내쉬었다. 그리고 또 중얼거렸다.

"됐어. 하지만 이제 시작일 뿐이야."

그리고 주먹을 꽉 쥐었다. 그런데 그때 다관의 문이 열렸다. 얼른 돌아보니, 장정 하나가 큰 가마니를 들고 들어섰다.

"뉘신지요. 차를 마시러 오셨나요?"

"그게 아니라 이 댁 어르신이 차를 주문하셨다고 하셔서 가져온 것입니다."

사내가 헐떡이며 가마니를 내려놓았다. 그러고 보니 차향이 얼핏 느껴졌다.

"그래, 어디서 오셨는지요."

그런데 그때 열린 문 뒤편에서 누군가 다가왔다. 아침 햇살이 그 너머에 있어서 얼굴이 보이지 않았다. 목소리만 들렸다.

"둔지미에서 왔네."

헉!

다미는 숨이 막혔다. 그 말을 듣는 순간 놀랐고 얼결에 앞으로 나섰는데, 조 상궁이 그 자리에 서 있었다.

"마마님!"

다미는 휘청거렸다. 그러자 조 상궁이 달려와 다미의 손을 맞잡았다.

"용케 살아 있었구나. 아니, 이렇게 훌륭한 모습이 되었구나."

"마마님!"

같은 말밖에 나오지 않았다. 울음이 나오려 했다. 하지만 지금은 울면 안 될 것 같았다.

다미는 우선 조 상궁을 한쪽 탁자에 앉게 했다. 그리고 얼른 부엌으로 달려가 차와 가수저라를 내왔다.

"제가 만든 거예요. 한번 드셔 보세요."

그러자 조 상궁은 활짝 웃으면서 가수저라를 먹었고, 차를 마셨다.

"정말 일품이구나. 궁궐에서도 이만한 음식을 먹어 본 적이 없다. 정말 고맙구나. 이렇게 네가…"

문득 조 상궁이 말을 끊었다. 그때 문득 다미는 불길에 예감에 사로잡혔다.

"빙허각 마님은요?"

"…"

"마마님!"

"저 차가 마님이 따신 마지막 찻잎이다. 꼭 네게 가져다주라 하셨다."

"마마님!"

"얼마 전 두물머리에 다시 갔었다. 그곳에서 큰일이 벌어졌다는 것도 알았고, 여차저차해서 네가 이쪽으로 왔다는 것도 알게 됐지. 마님께서 듣고는 꼭 차를 보내 주고 싶다고 하시더구나."

"…."

"얼마 전 대감마님께서 돌아가셨는데, 그때부터 곡기를 끊고 거동을 못 하신다. 당분간은 찻잎을 따지 못하실 것 같다."

그러자마자 참았던 눈물이 흘렀다. 당장이라도 달려가고 싶었다.

그때 조 상궁이 잠시 내려놓았던 보퉁이를 풀어 책 몇 권을 건네주었다.

"이건…."

"《규합총서》 중 음식에 관한 내용을 모두 담은 것이다."

아!

다미는 아무 말도 하지 못하고 숨만 크게 내쉬었다. 눈물이 더 쏟아졌다. 그러자 조 상궁이 말했다.

"울지 말거라. 그래도 뵐 날이 있지 않겠느냐?"

다미는 고개만 살짝 끄덕일 뿐, 대답을 할 수 없었다. 빙허각의 얼굴, 그리고 해 주었던 말들이 수없이 스쳐 지나갔다. 다미는 말도 못 하고 어깨만 들썩였다.

그때였다.

문이 열리는 소리가 들렸다. 돌아보니 청나라 사람 두 명과 조선인 하나였다. 차를 마시러 온 손님인 듯했다.

"차를 마시러 왔소. 가수저라가 있다던데, 그것과 함께 주시게!"

그 말에 조 상궁은 다미를 향해 고개를 끄덕였다. 어서 일을 하고 오란 뜻이었다. 다미는 눈물을 훔치고 일어났다. 그리고 부엌으로 가서 새 찻상을 준비하고 물을 끓였다. 그사이에 순남 오라버니가 갓 구워 낸 가수저라를 접시에 담아 내놓았다. 그러곤 씩 웃었다. 어색할 거라는 걸 알면서도 다미도 따라 웃었다.

그리고 물이 끓는 동안 옷매무새를 정리하고 마른세수를 했다. 울컥거리는 속을 진정시킬 때쯤 물이 다 끓은 듯했다. 다미는 찻상을 들고 다실로 나갔다.

아!

조 상궁이 보이지 않았다. 그 때문에 다미의 발걸음이 흔들렸다. 하지만 가까스로 중심을 잡고 찻상을 손님이 앉은 탁자에 내려놓았다. 그리고 얼른 밖으로 달려 나갔다. 그러나 문 앞에서 멈칫했다. 포구 쪽으로 간 것인지, 뭍 쪽으로 올라간 것인지 가늠할 수가 없었다.

다미는 포구 쪽을 내려다보았다. 조 상궁이 그쪽으로 갔을 것이라 생각했다. 자신이 강을 거슬러 두물머리까지 갔고, 다시 강을 따라 제물포까지 왔듯이. 그쪽을 한참 바라보자 그 길 끝에 조 상궁의 모습이 있었고 빙허각의 모습이 환영처럼 보였다. 그들을 향해 다미는, 언젠가 꼭 해야 할 말을 다짐하듯 중얼거렸다.

"제가 만든 가수저라를 드시겠어요?"

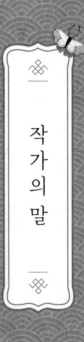

작가의 말

어른이 될 때까지는 누구나, 주어진 환경에서 벗어나기 힘듭니다. 아니 어른이 된 이후에도 자신의 삶을 구속하는 안팎의 조건으로부터 탈출하는 일은 쉽지 않지요. 그것은 크나큰 모험이자, 새로운 도전이기 때문입니다. 그래서 대다수는 눈앞의 현실을 극복할 수 없다고 여기고 지금 자신의 삶을 '운명'으로 받아들입니다. 그리고 결국 남들이 갔던 길을 따라서 갑니다.

'나비효과'라는 말을 기억하고 있지요?

가녀린 나비의 날갯짓처럼, 하찮아 보이는 우리의 미세한 꿈틀거림이 미래를 바꾸어 놓을 수 있다는 의미로 이해해도 좋습니다. 당장은 그 사소한 움직임이 눈에 띄지 않을지라도 시간을 넘어 저 먼 미래로 가면, 바로 그 꿈틀거림으로 인해 우리는 남들과는 조금이라도 다른 길을 걷고 있을 것입니다.

《조선으로 온 카스테라》의 다미를 둘러싼 '환경'은 매우 견고해 보였지만, 다행히 다미는 조금씩 꿈틀거렸고, 그러다 보니 기회도 찾아왔습니다. 흔히 아무것도 하지 않으면 아무 일도 일어나지 않는다는 말이 있습니다. 과연 다미가 가만히 '운명'을 받아들이기만 했다면, 제물포에 가서 찻집을 열 수 있었을까요? 아직 조선의 그 누구도 만들어 보지 않았던, 고소한 카스테라를 구울 수 있었을까요? 나비처럼 날개 한 번 펄럭이지 않았다면, 다미의 삶을 아끼는 좋은 어른들이 손을 내밀었을까요?

《조선으로 온 카스테라》는 옛날이야기가 아닙니다. 어떤 한 위인의 이야기도 아니지요. 우리와 같은 평범한 청소년의 이야기일 뿐입니다. 시대는 달라도 고만고만한 생각을 했던, 다만 불한당 같은 환경에서 벗어나기 위해 조금 꿈틀거렸던 청소년의 작은 몸부림을 담은 이야기입니다. 그래서 우리에게 조금이라도 꿈틀거려 보라고 말하고 있는 한 소녀의 조용한 외침을 담은 이야기이지요.

혹, 지금 우리는 꿈틀거리고 있나요?

한정영

오늘의
청소년
문학
____43

다른 포스트

뉴스레터 구독

조선으로 온 카스테라

초판 1쇄 2024년 10월 3일
초판 2쇄 2024년 12월 30일

지은이 한정영

펴낸이 김한청
기획편집 원경은 차언조 양선화 양희우 유자영
마케팅 정원식 이진범
디자인 이성아 황보유진
운영 설채린

펴낸곳 도서출판 다른
출판등록 2004년 9월 2일 제2013-000194호
주소 서울시 마포구 동교로 27길 3-10 희경빌딩 4층
전화 02-3143-6478 **팩스** 02-3143-6479 **이메일** khc15968@hanmail.net
블로그 blog.naver.com/darun_pub **인스타그램** @darunpublishers

ISBN 979-11-5633-636-5 44810
ISBN 978-89-92711-57-9 (세트)

 다른 생각이
다른 세상을 만듭니다